KB003683

하서 김인후 시선

우리 한시 선집 57

하서 김인후 시선

허경진

머리말

하서(河西) 김인후(金麟厚, 1510~1560)는 학문과 절의 그리고 문장으로 이름이 높았던 시인인데, 이러한 사실은 『정종대왕실록』에 실린 정조 임금의 평가에서도 확인된다. 김안국의 문하에서 글을 배우기 시작하여 최산두와 송순을 거친 학문으로 그는 호남 성리학의 선구자가 되었다.

인종이 세자 시절에 세자시강원 설서로 만나 다졌던 그의 충절은 자신이 세상을 떠나면서 "인종 승하 이후의 벼슬은 쓰지 말라."고 유언을 남길 정도로 지극하였다. 중종을 주나라 문왕에게 비길 정도로 충절을 바쳤지만, 정작 벼슬에는 초연하였다. 벼슬에 있었던 시절보다는 고향에서 제자들을 가르치며 자신의 학문을 닦은 시절이 더 길었다. 이처럼 학문과 충절이 뛰어났기에, 그는 후일 문묘에 배향되는 영광을 얻기도 하였다.

호남 도학의 선구자였던 그는 호남시단의 선구자이기도 했다. 면앙정 송순에게서 학문과 문학을 배웠던 그는 호남지방의 누정을 찾아다니며 선후배들과 많은 시를 주고받았다. 면앙정과 소쇄원으로 대표되는 담양의 누정을 비롯해서, 그의 시에는 수많은 누정들이 등장한다. 이러한 누정은 그에게 있어서 풍류의 공간만이 아니라 동지들과 시국을 걱정하는 공간이기도 했고, 인격을 수양하는 공간이기도 하였다.

중종에게 신임을 받았던 그는 34세에 홍문관 부수찬으로 승진하자 기묘사화에 희생된 명현들의 억울함을 풀어달라고 논하였다. 그러나 36세 되던 해에 인종이 승하하자 병을 핑계대고 고향으로 돌아왔다. 그 해에 을사사화가 일어나 올바른 선비들이 숙청당하자, 다시는 벼슬하지 않았다. 도학에 입각하여 정치를 개혁하려 했지만, 충절을 바칠 임금이 세상을 떠나자 고향으로 돌아와서 제자들을 가르치며 후일을 기약한 것이다. 그는 고봉 기대승과 태극도설이나 사단칠정을 강론하면서 주경(主敬)과 주리(主理)에 바탕을 두고 학문을 펼쳤는데, 이러한 학문세계가 바로 그의 문학세계의 바탕이기도 하다. 1,600여 수에 이르는 그의 시는 이러한 배경에서 지어졌다.

그의 시는 재도적(載道的)인 이취(理趣)가 앞서 흥이나 아름다움이 적지만, 그것이 그의 시를 깎아내리는 단점은 아니다. 그것이 바로 16세기 도학자의 전형적인 모습이며, 16세기 조선 문단의 한 단면을 보여주기 때문이다. 아름답게 꾸미기를 일삼던 사장학파(詞章學派)와는 달리, 질박하게 자기 자신을 돌아보았던 그의 시는 너무도 공명정대하다. 호남시단은 면앙정 송순에게서 그를 거쳐 송강 정철로 이어졌는데, 그는 정철처럼 강호에 병이 깊어 죽림에 누웠다가 관동 팔백리 방면을 맡겼다고 해서 어와 성은이야 하고 뛰어나가지는 않았다.

역시 성리학자였던 우암 송시열은 하서의 신도비에 비문을 쓰면서, 그의 문학을 이렇게 논하였다.

“그의 글은 풍아(風雅)에 근본을 두고, 『이소(離騷)』·『문선(文選)』·이백(李白)·두보(杜甫)를 참조하였다. 무릇 느낌이 있으면 온통 시를 지어 드러냈는데, 맑으면서도 격렬하지는 않고, 간절하면서도 급박하지는 않았다. 즐거우면서도 음란한 지경에 이르지는 않고, 근심하면서도 상심하는 지경에 이르지는 않았으니, 모두 성정을 다스리고 도덕을 함양한 것이었다."

우암은 당시 유가들이 시문의 전범으로 삼던 『시경』·『이소』·『문선』을 비롯하여 이백과 두보까지 그가 배웠다고 하였는데, 그 결과 그의 시가 사무사(思無邪)·애이불상(哀而不傷)·낙이불음(樂而不淫)의 경지에 이르렀음을 인정하였다. 그의 시가 성정을 다스리고 도덕을 함양하였다고 평한 것이다.

조선 최고의 비평가였던 허균은 「성수시화」에서 "하서 김인후는 뜻이 높고 넓으며 공평하고 순수한데[高曠夷粹], 시도 역시 그러하다."고 하여, 사람과 시가 똑같다고 평하였다. 그는 우리나라의 시 가운데 대표작을 모은 『국조시산(國朝詩刪)』에 그의 시를 여러 수 뽑아 넣기도 하였다. 이러한 그의 모습을 보여 주기 위하여, 『하서선생전집』에 실린 시 1,600여 수 가운데 142수를 뽑아서 한국의 한시 57번으로 편집하였다.

그는 다양한 형식의 시를 지었다. 권1에는 사(辭) 5수와 부(賦) 13수가 실렸으며, 권2부터 권10까지는 사언고시 1수, 오언고시 173수, 칠언고시 73수, 오언절구 350수, 칠언절구 471수, 오언율시 264수, 칠언율시 217수, 오언배율 25수, 칠언배율 6수 등 1,598수가 실려 있다. 이 책에 가려 뽑은 시들이 하서의 넓고 깊은 문학세계를 다 보여줄 수는 없겠지만, 독자들에게 하서의 사람됨을 조금이라도 보여 줄 수 있으면 다행이겠다.

2021년 9월 13일

허경진

하서 김인후 동상 [하서학술재단 사진]

필암서원 확연루 [문화재청 사진]

김인후를 모신 장성 필암서원이 2019년 세계문화유산으로 등재되었다.

차례

칠언고시 권4

오언절구 권5

칠언절구 권6 · 권7

오언율시 권8 · 권9

칠언율시 권10

오언고시
권2 · 권3

장성 필암서원 청절당 벽에 「백록동학규」가 걸려 있다.

백록동 학규를 읽고서
讀白鹿洞規

세대는 멀고 사람도 다 없어지니
경서는 낡고 가르침 또한 무너졌네.
송나라가 문치를 다시 일으키자
참 선비들이 때를 맞춰 태어났었지.
주자와 정자는[1] 관건을[2] 열어 주었고
회옹이[3] 그 규모를 넓혔었지.
저기 백록동을[4] 돌아다보니
옛날의 학교 터가 아직도 남아 있네.
황폐해져 오래도록 손보지 않았으니
가르칠 스승과 배울 제자가 없어서였네.
옛 자취를 밟아서 집을 세우고
청아를[5] 언덕 안에서 길들였네.
하늘이 오륜의 질서를 정해
백성에게 떳떳한 길을 일러 주셨으니,
요임금 순임금의 크고 넓은 치적도
역시 이를 넘어서지는 않으셨다네.
배우고 묻고 또 생각하고 따지며
독실히 행하려면 먼저 알아야지.[6]
수신하던 자세로 밀고 나가면
응접이 다 적당한 경지를 얻게 된다네.
이게 바로 학문하는 요령이니

선비들은 마땅히 이에 힘써야 하네.
문 위에 밝은 교훈이 걸려 있으니
성인의 길은 이밖에 다른 것이 없네.
이 세상 선비들은 어찌하여
이 일을 버려두고 하지 않으며,
아름답게 글 짓기만 다투어 하고
명예 이익 낚으려고 눈이 빨개졌나.
주자의 학규를 세 번 읽고서
천년 전 일이라 부질없이 한숨만 쉬네.

世遠人已亡、經殘敎亦隳。
有宋啓文治、眞儒生應期。
濂洛發關鍵、晦翁宏其規。
眷彼白鹿洞、舊有庠序基。
荒蕪久不脩、講討無生師。
結構躡故迹、菁莪育中坻。
惟天叙五倫、降此民秉彝。
唐虞蕩蕩治、亦不出乎玆。
學問且思辨、篤行在先知。
身脩而可推、應接皆得宜。
此乃爲學要、儒者當孜孜。
楣間揭明訓、聖途無他歧。
云何世上士、舍此而不爲。
爭將耀浮藻、利祿相追隨。
三復朱子規、千古空於戱。

---

1 원문은 염락(濂洛)인데, 송나라 성리학을 열어준 주돈이(周敦頤)가 염계(濂溪)에 살고, 정호(程顥)와 정이(程頤) 형제가 낙양에 살았다. 그래서 이들을 아울러 '염락학파'라고도 불렀다.

2 잘 잠그고 빗장과 자물쇠가 없으면 열 수가 없다. -『노자』
관건(關鍵)은 빗장과 자물쇠이다.

3 송나라 유학자 주희(朱熹, 1130~1200)의 자가 원회(元晦), 또는 중회(仲晦)이며, 호가 회암(晦庵)이다. 그래서 흔히 회옹(晦翁)이라 부르며, 높여서 주자(朱子)라고 부른다. 그가 집대성한 유학을 주자학이라고 부른다.

4 백록동은 중국 강서성 성자현 북쪽 여산(廬山) 오로봉(五老峰) 아래에 있다. 당나라 이발이 형 이섭과 함께 여산에서 글을 읽으며 흰 사슴 한 마리를 길렀는데, 그 사슴이 언제나 이들 형제를 따라다녔다. 그래서 이곳을 백록동이라고 불렀다. 송나라 초에 이곳에 서원을 세웠다가 뒤에 없어졌는데, 주자가 남강현을 맡게 되자 서원을 다시 짓고 제자들을 가르쳤다. 이때 학규(學規)를 지어, 문 위에 걸었다.

5 무성한 다북쑥이
저 언덕에 자랐네.
군자를 만나보니
즐겁고도 예의 바르구나.
菁菁者莪, 在彼中阿.
旣見君子, 樂且有儀. -『시경』 소아 「청청자아(菁菁者莪)」
이 시를 「모시서(毛詩序)」에서는 인재 기르는 것을 즐거워하는 시라고 하였다.

6 성실하고자 하는 사람은 선한 것을 택해서 그것을 굳게 지키는 사람이다. 그래서 선에 대하여 널리 배우고 자세히 물으며, 신중히 생각하고 밝게 분별하며, 독실하게 행하여야 한다. -『중용』 제20장
『중용』에 "박학지(博學之) 심문지(審問之) 신사지(愼思之) 명변지(明辨之) 독행지(篤行之)"라는 구절이 있는데, 주자가 이를 따다가 백록동 학규로 삼았다.

강천사에 효선을 남겨두고 헤어지다

剛泉寺留別孝先

산속에 비가 한 차례 지나가더니
다락 앞의 시냇물이 푸르러졌네.
바위 위로는 해가 서쪽으로 넘어가고
늙은 나무는 키가 백자나 되네.
스님들은 나그네를 배웅하려고
둘씩 짝 지어 시냇가 바위에 앉았네.
손잡고 남은 벗과 작별하면서
잔 가득 채워서 아낌없이 마시네.
차가운 바람이 어디서 불어오는지
으스스 양쪽 뺨으로 스며드네.
낙엽이 오솔길을 묻어버리는데
사이사이 소나무와 대나무가 푸르구나.
한껏 취하여 돌아가려니
새 소리만 빈 골짝에 메아리치네.

山中一雨過、樓前溪水碧。
巖高日欲西、古樹長百尺。
僧徒送行客、兩兩坐溪石。
握手謝留伴、杯深傾不惜。
寒風何處來、颯颯掠雙頰。
落葉沒前徑、蒼蒼間松竹。
一醉歸去來、幽禽響空谷。

순창에 있는 강천사 대웅전. 한국전쟁에 파괴된 이후에 새로 지은 건물이다.

◇ 강천사는 전라북도 순창군 팔덕면 청계리 강천산(剛泉山)에 있는 절이다. 887년에 도선(道詵)이 창건하였다. 1482년에 신말주(申末舟)의 부인 설씨(薛氏)에게 시주를 받아 중창했으며, 비구승보다 비구니들이 많이 머물렀다.

눌재 박상의 시에 차운하여 둔암 스님에게 지어 주다
次朴訥齋祥韻贈鈍庵

스님이 두류산 꼭대기에 오르면
모든 산들이 작아짐을 보게 될 거요.[1]
독 안의 사람들을 내려다보고 웃으시겠지
꽉 막힌 마음이[2] 날마다 수고로우니.
계수나무 가지 휘어잡고 가다가 보면
돌길이 수풀 끝에 얽혀 있는 곳.
차가운 안개가 다리 밑에 감도는데
가물가물 새 등을 혼자서 타네.
천왕봉은 위에 있어 푸른빛이고
청학동은 아래 있어 그윽하구나.
밤들며 고요한 방에 누웠노라니
자던 새가 날 새기 전에 푸득거리네.
자다가 일어나서 자리를 개고
불탑에 향 피우자 연기 서리네.
이따금 풍진 세상에 내려오시면
대인들과 마주쳐도 안중에 없으시겠네.

師登頭流顚、頗見衆山小。
下笑甕中人、蓬心隨日勦。
行行攀桂枝、石徑縈林杪。
寒煙繞脚底、獨乘漭眇鳥。
天王上翠微、靑鶴下窈窕。
暝來臥幽室、宿羽驚先曉。
睡起坐方定、佛榻香煙裊。
旹來塵世上、睨視大人藐。

◇ 눌재는 박상(朴祥, 1474~1530)의 호이다. 박상은 김인후가 존경하는 선배 문인으로, 후대에도 조정과 문단에서 김인후와 함께 전라도의 대표적인 문인으로 존경받았다.

1553년에 명종이 김인후에게 홍문관 교리(정5품) 벼슬을 내려 불렀는데, 김인후가 사퇴하는 상소문을 올렸다. 『명종실록』 8년(1553) 9월 19일 기사에 사관(史官)이 평을 덧붙였다. "김인후는 장성(長城) 사람이다. 학행이 있고 문장이 뛰어나 눌재(訥齋) 박상(朴祥)과 모재(慕齋) 김안국(金安國) 등 여러 현인의 칭찬을 받았다."

1 공자께서 동산에 올라가 보시고 노나라를 작게 여기셨고, 태산에 올라가 보시고 천하를 작게 여기셨다. 그러므로 큰 바다를 본 사람은 작은 물을 물이라고 하기가 어려워지고, 성인의 문하에서 배운 사람은 여느 사람의 말을 말이라고 하기가 어려워진다. -『맹자』「진심」상

2 이제 그대가 다섯 섬들이의 박을 가지고 있다면, 왜 그것을 큰 술통 모양의 배로 만들어 강이나 호수에 띄울 생각은 않고, 그것이 펑퍼짐해서 아무것도 담을 수 없다고 걱정만 하시오? 역시 선생은 앞뒤가 꽉 막힌 분이시구려. -『장자』「소요유(逍遙遊)」

원문의 봉심(蓬心)은 원리(元理)가 통하지 않는 마음을 가리킨다.

상사[1] 채중길에게 지어 주다
寄贈蔡上舍仲吉

나의 친구 채중길은
충직한 옛날의 군자.
평생 만 권 책을 다 읽었으니
이야말로 경륜 지닌 선비라네.
눌재에게서 문장을 배워
한퇴지의 골수를 자기 것으로 만들더니,
성균관에 들어가서도 글솜씨 떨쳐
남씨[2] 정승이 참으로 알아주었네.
그 뒤에 뜻 잃고 떠돌아다니며
십 년 세월을 유유하게 보냈네.
병들어 누웠어도 알아주는 이들이 없으니
그 누구에게 사생을 내맡기랴.
나마저 가까운 이웃에 살지 못해서
스스로 언제나 한스러워라.
날마다 찾아가서 문 두드리며
정답게 안부를 묻지 못하니,
오고 가는 사람이 있을 때에만
때때로 편지 써서[3] 보내곤 했네.

---

1 소과인 생원시나 진사시에 합격한 사람을 부르는 칭호이다.

안부 묻는 편지야 자주 오갔지만
허전한 마음이야 언제 그치랴.
지난번 계집종이 다녀왔을 때에도
그대 말씀 전해 듣고서 너무 슬펐네.
통곡하며 그대를 하직하노니
그대야말로 이승에서 날 알아준 벗일세.
다급한 말이야 많고 많지만
대강 이 뜻에서 벗어나지 않으리.
결별의 만장(輓章)까지 청해왔지만
내 차마 이 글을 어찌 지으랴.
신재 선생[4] 문하에서 노닐던 옛날
그때는 우리 자주 만났었지.

---

2 당시에 대제학으로 있던 남곤(南袞)을 가리킨다.

3 먼 곳에서 온 나그네가
내게 잉어 한 쌍을 주었네.
아이를 불러 잉어를 삶으라 했더니
그 속에서 비단에 쓴 편지가 나왔네.
客從遠方來, 遺我雙鯉魚.
呼童烹鯉魚, 中有尺素書. –『고악부(古樂府)』에서
예부터 잉어는 시에서 편지라는 뜻으로 쓰였다.

4 최산두(崔山斗, 1483~1536)의 호인데, 자는 경앙(景仰)이다. 점필재 김종직에게 글을 배웠다. 15세 때 『통감강목』 60권을 가지고 석굴에 들어가 2년간 수천 번을 읽고 나오자, 나뭇잎이 모두 『강목(綱目)』의 글자로 보였다고 한다. 25세부터 30세까지 성균관에서 공부하여 도덕과 문장으로 이름나자, 김인후·유희춘 등이 찾아가 글을 배웠다. 1513년 문과에 급제하고, 몇 차례 언관을 거쳐 호당(湖堂)에 들어갔다. 기묘사화로 동복에 유배되었다가 풀려난 뒤에는 벼슬하지 않았다. 문집으로 『신재집』이 전하며, 동복의 도원서원에 제향되었다.

눈보라가 몰아치던 그 어느 해에
스승댁 마루에서 잠시 함께 만났었지.
그때 윤사율도 자리를 같이하여
셋이 마주앉아 옛 역사를 이야기했지.
이제 와 헤어보니 벌써 몇 년 되었나
멀리 바라봐도 산과 물이 가로막혔네.
취승정[5] 앞에서 밀고 당기며
금성관 안에서 맘껏 마셨지.
함께 즐겼던 그때 일들을
생각하면 아직도 눈에 선하네.
신재 선생과 윤사율은 벌써 세상 떠나고
나세찬은[6] 훼방 입어 귀양 갔으니,
죽고 사는 게 모두 한 순간에 달려
사람일이 나중에 어찌 될는지 알랴.
조만간 우리 서로 만나게 되면
조용히 책상머리 맞대고 앉아,
천고에 쌓인 흉금 활짝 열고서
밝은 웃음 한번이라도 웃어보세나.
지금 처지 논한다면 내 어설프고
옛것을 토론하면 그대 훌륭해,
맑은 바람에 씻긴 듯 상쾌하고
어둔 안개 걷힌 듯 활짝 트이네.
한 치 마음속에 맺힌 시름을
언제 만나서 풀어보려나.
시를 지어 얽히고설킨 마음 부치고

종이에 가득 편지까지 곁들였으니,
그대 한번 눈 돌려 읽어준다면
그것만으로도 내 마음 즐거울 걸세.

吾友蔡仲吉、諄諄古君子。
平生誦萬卷、自是經綸士。
文從訥齋學、換骨韓愈氏。
奮藻大學館、南相眞知己。
爾後落魄甚、悠悠將一紀。
臥病相識稀、誰堪托生死。
伊余每自恨、生不接隣里。
不得日扣門、慇懃問居止。
空將往來人、時時報雙鯉。
問訊雖綢繆、別懷何時已。
女奴頃往還、聞言深惻耳。
痛哭謝故人、此生知己矣。
危辭百萬端、大要不過是。
因求訣別章、顧我何忍此。
昔遊新齋門、相從盖累累。

---

5 취승정은 (동복)현 서쪽 5리에 있다. -『신증 동국여지승람』 제40권 「동복현」 누정조
신재 최산두가 기묘사화 때에 동복현으로 유배되었으므로 취승정에 모인 것이다.

風雪是何年、高軒暫相視。
時同尹士栗、鼎坐談前史。
于今已數載、悵望隔山水。
推排聚勝前、劇飮錦城裏。
當時共行樂、思之猶宛爾。
崔尹旣已世、羅侯遭讉毀。
存亡一俯仰、人事終何似。
早晩倘相値、從容對筵几。
崢嶸千古胸、粲然一啓齒。
論今我疎迂、討舊君高峙。
快若淸風濯、豁如昏霧披。
一念方寸間、懸懸豈嘗弛。
裁詩寓繾綣、繼以書滿紙。
須君一過眼、然後吾以喜。

청원루
清遠樓

주인[1]이 산해에 누워 있으니
당 이름을 청원이라고 지었네.
월출산은 호남에서 유일한 명산
구름과 노을 속에 높이 솟았네.
서쪽으로 덕진포가 내려다보여
해가 지면 수많은 배들이 돌아오네.
먼 하늘에서 만 리 바람이 불어오고
솔고개에는 달이 막 돋아오는데,
이따금 낚싯대를 놀리노라면
대나무 그림자에 고기들이 달아나네.
길 막히면 슬피 울었던 완적을 보고
티끌 세상 사람들은 비웃었었지.

主人臥山海、名堂以淸遠。
月出湖南獨、雲霞倚高蹇。
西臨德津浦、落日千帆返。
天長萬里風、松嶺月初偃。
旹來弄釣竿、竹影魚蝦遁。
却笑塵裏人、窮途悲晉阮。

1 청원루의 주인은 만호(萬戶) 최연문(崔演文)이다. 최충성(崔忠成, 1458~1491)의 문집 『산당집(山堂集)』 권5 부록 「천승루제영(擅勝樓題詠)」에 김인후가 이 정자 이름을 청원루라고 고쳐준 사연이 실려 있다.
"천승루는 산당공의 아들 만호(萬戶) 휘(諱) 연문(演文)의 별장에 있는 정자이다. 하서(河西) 김인후 선생이 방문하여 시를 짓고는, 누의 이름을 청원루(淸遠樓)라고 고쳐 주었는데, 주렴계(周濂溪)의 「애련설(愛蓮說)」에서 '(연꽃의) 향이 멀어질수록 더욱 맑아진다[香遠益淸]'라는 뜻을 가져온 것이다.[樓卽山堂公胤子萬戶公諱演文之別墅亭榭 而河西金先生麟厚 嘗枉訪題詩而改樓號曰淸遠樓 蓋取諸周濂溪愛蓮說香遠益淸之意也]"

소초원 가는 길에서 국화를 뽑아들고 감상하다
所草院路拔菊以賞

바위 가에 꽃 핀 국화가 있어
말 위에서 그 뿌리를 뽑아 들었네.
가느다란 줄기는 한 자도 못 되건만
작은 잎들은 추워지면서 더욱 많아졌네.
줄기 위에 금빛 꽃이 찬란하고
잎 사이에 푸른 망울 붙어 있는데,
외로운 네 모습을 서글피 대하고 보니
한번 웃고 둘이 다 말 없어졌네.
바람 속에서 밥 지을[1] 재료로나 쓸 게지
어찌 감히 술동이에 띄울 수 있으랴.

巖邊菊有花、馬上擢其根。
纖莖不盈尺、小葉寒更繁。
莖頭粲金英、葉間靑蕚存。
悄然對孤姿、一笑兩無言。
聊復備風餐、豈敢泛芳樽。

◇ 소초원은 경기도 양성현과 황해도 배천군에 있었던 원(院)이다.

1 아침에는 목란에서 떨어지는 이슬을 마시고
저녁에는 가을 국화의 떨어진 꽃잎을 먹네.
朝飮木蘭之墜露兮, 夕餐秋菊之落英. – 굴원 「이소(離騷)」

소쇄산인 양언진이 아들 훈계한 시를 보고서
得瀟灑山人梁彦鎭訓子詩

세상 사람들은 뜬 이름을 귀하게 여겨
그것만 가지고 정곡을[1] 삼네.
얻으면 영광으로 여기지만
맞히지 못하면 욕이라고 생각하네.
명성과 이욕 사이에 골몰하여서
다투어 달리는 꼴이 치사하구나.
고명한 소쇄옹께선
환하게 보지 못하시는 것이 없어,
힘을 다해 여러 아들 가르치면서
사냥시합으로 세속과 발을 맞추네.[2]
그리워하면서도 볼 수 없으니
어찌하면 마음속을[3] 다 이야기하나.

世人重浮名、以之爲正鵠。
得之以爲榮、不中便謂辱。
汨沒聲利間、奔馳多局促。
高明瀟灑翁、精微無不燭。
黽勉誨諸子、獵較務同俗。
有懷不相見、何由話心曲。

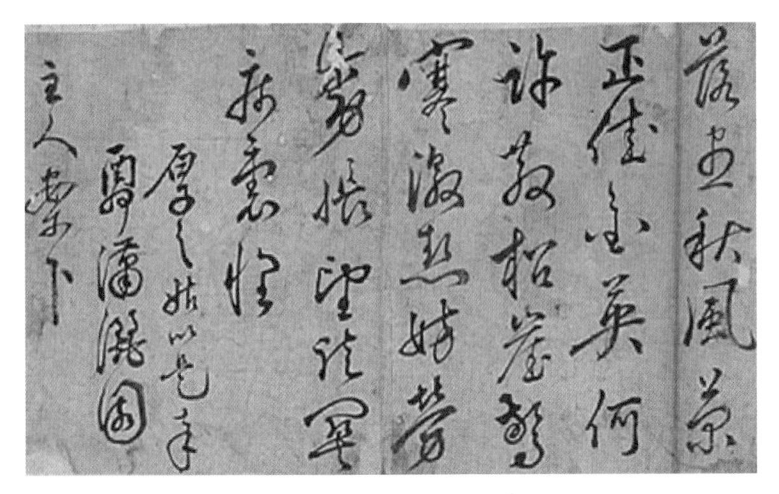

하서가 소쇄원 주인에게 보낸 글. 『근묵』

◇ 소쇄옹은 양산보(梁山甫, 1503~1557)의 호이며, 언진은 그의 자이다. 스승 조광조가 훈구파에게 몰려서 능주로 유배되자 세상에 뜻을 버리고 고향 담양으로 돌아와, 지곡마을에 소쇄원이라는 원림을 조성하였다. 그의 아들이 바로 하서의 제자이자 사위인 양자징이다.

1 베에다 그린 과녁을 정(正)이라 하고, 가죽에 그린 과녁을 곡(鵠)이라 한다. 과녁은 관혁(貫革)이 우리말식으로 바뀐 발음인데, “가죽을 꿰뚫다”라는 뜻이다.

2 공자께서 노나라에서 벼슬하실 때에, 노나라 사람들이 사냥시합을 하면 공자께서도 역시 사냥시합을 하셨다. –『논어』「만장」하

3 님을 생각할수록
옥처럼 온유하셔라.
지금은 서융(西戎) 판잣집에 계시니
내 마음속 어지럽구나.
言念君子, 溫其如玉.
在其板屋, 亂我心曲. –『시경』진풍「소융(小戎)」

진무이가 첩의 박명을 슬퍼한 시에 차운하다
次韻陳無已妾薄命

헤어져 사니 산과 바다 가로막혀서
천릿길 아스라이 너무 멀었지.
처음엔 잠깐 헤어지자고 말했건만
손꼽아 기다리다 벌써 삼 년일세.
한번 갔다가 끝내 돌아오지 못하는데
푸른 풀은 벌써 봄 언덕에 돋아났네.
먼 산을 바라보듯 곱게 그린 눈썹도
시름이 엉겨서 옛 모습 아닐세.
거문고를 뜯어도 가락이 되지 않아
얼음 밑의 샘물처럼 목이 메이네.
사람이 없어지자 줄도 끊어져[1]
이제는 다 끝났네. 누가 다시 어여삐 여기랴.

離居隔山海、迢遞路逾千。
始言蹔相別、屈指成三年。
一去竟不返、綠草生春阡。
宛轉遠山眉、凝愁非舊姸。
撫琴不成調、幽咽氷下泉。
人亡絃亦斷、已矣復誰憐。

◇ 무이(無已)는 송나라 시인 진사도(陳師道, 1053~1101)의 자이고, 호는 후산거사(後山居士)이다. 산곡 황정견과 함께 강서시파(江西詩派)를 대표하는 시인으로, 저서에 『후산집(後山集)』·『후산시화(後山詩話)』 등이 있다.

◇ 송나라 문장가 증공(曾鞏)이 일찍 세상을 떠나자, 시인 진사도(陳師道)가 슬퍼하면서 「첩박명(妾薄命)」이라는 시를 지었다. 사랑하는 친구의 죽음을 아내의 죽음에 비한 것이다. 이 시는 하서가 눌재 박상의 죽음을 슬퍼하여 지은 것이다. 앞서 지은 「증임사수(贈林士遂)」에서도 역시 눌재의 죽음을 「첩박명(妾薄命)」에 견주었다.

1 백아(伯牙)가 거문고를 타는데, 높은 산에 뜻이 있으면 (그의 친구) 종자기(鍾子期)가 듣고서, "태산과 같이 높구나."라고 말하였다. 또 흐르는 물에 뜻이 있으면 종자기가 듣고서, "강물처럼 넓구나."라고 말하였다. 백아가 생각한 것을 종자기가 반드시 알아맞혔다. 종자기가 죽자, 백아가 "지음(知音)이 없다."면서 거문고의 줄을 끊어버렸다. – 『열자』 「탕문편(湯問篇)」

자로새의 날개와 깃을 잘라버린 것을 보고서
外舅家有鵜鶘飛出慮其復遠擧剪翅羽見而感之有作

바다에서 태어난 새가 있는데
날개가 다른 새들과 달라,
위로는 검은 학들과 무리가 되고
아래로는 고니의 뒤를 따르네.
깨끗한 것을 가려서 먹고 마시며
맑은 물가에 의지해 깃들고 사네.
미역 감은 뒤엔 햇볕에 깃을 다듬고
멀리 서서 아름다운 모습을 뽐내네.
마을 사람이 돈 벌기를 좋아해
잡아다가 높다란 집에 팔아넘기니,
깃과 털은 반이나 꺾여 빠지고
벼나 수수로도 주린 배 채우지 못해,
진흙 속의 벌레나 개미를 주워 먹으니
그것으로 본성에 어찌 맞으랴.
이따금 푸른 하늘 향해 울어대면은
옛짝들이 소리 듣고 서로 아는구나.

◇ 원제목이 길다. 「장인 댁에서 자로새가 날아가 버린 적이 있었다. 그러자 그 새가 다시 멀리 날아가 버릴까 염려되어서, 날개와 깃을 잘라 버렸다. 그것을 보고 느낀 바 있어 시를 지었다.」
하서의 장인은 현감 윤임형(尹任衡)이다.

머리를 쳐들어도 날지 못하니
외롭게 매인 것이 너무 가엽네.
고개 숙이고 술상 옆을 맴돌다가
거문고 소리에 귀 기울여보네.
풀잎을 입에 물고 춤출 때에는
몸놀림이 어찌 그리도 의젓한지.
하루아침에 억센 날개 돋아났다고
한번 펼쳐서 회오리바람 일으키더니,
기운 떨치며 넓은 들판으로 날아가 버려
아이들이 뒤쫓아 달음질했네.
얼마 못가서 도로 몰아들이자
또 다시 그물 속의 신세 되었네.
달아나지 못하게 깃털 자르니
가련하구나! 어디로 간단 말이냐.
몸이 있어도 마음대로 못하는 거야
돌아보면 이 어찌 너뿐이랴.

有鳥出江海、雲翼殊凡姿。
上與玄鶴羣、下有黃鵠隨。
飮啄取潔淨、栖息依淸涯。
浴罷刷晴景、逈立整容儀。
村人喜賈貨、掩致高軒墀。
羽毛半摧落、稻粱未充飢。
泥間拾蟲螘、雅性豈其宜。
有時叫靑霄、舊侶聲相知。
仰首不得飛、戚戚憫孤羈。

低佪尊俎側、傾耳彈朱絲。
銜草或戲舞、擧止何委蛇。
一朝勁翮生、扇搖驚颸吹。
忽奮度曠野、追隨走童兒。
居然委驅逼、復爲塵網縻。
剪翎不使去、憐哉何所之。
有身未自任、顧爾非獨癡。

「원유편」을 조경임에게 지어 주다
遠遊篇贈趙景任

내 사랑하는 주문공께서
열아홉에 원유(遠遊)를 노래하셨네.[1]
옛사람 말하기를 구주의 밖에
더 큰 구주가 있다 했었지.[2]
한 바다가 그 언덕을 빙 두르고
해와 달이 그 안에서 돌고 돈다네.[3]
해와 장도[4] 그 끝까지 갈 수가 없고
우임금의 자취도 부질없이 유유할 뿐일세.
곤륜산은 만 리 먼데다
황하수가 동으로 비껴 흘러,
오악(五岳)에는 영근(靈根)이 서려 있고
삼산(三山)은 자라 머리에 줄지어 섰네.
서왕모 동산 속의 복숭아는[5]
아득히 어디에서 찾아야 하나.
기도(冀都)에선 요순(堯舜)을 서글퍼하고[6]
낙양에선 주나라를[7] 그리워하네.
그대는 절강으로 가지 말게나
성난 파도에 배 띄우기 어려울 걸세.

◇ (조경임의 이름은) 희윤(希尹)이다. (원주)

그대는 서촉으로도 가지 말게나
조도(鳥道) 오르려면 잔나비도 시름겹다네.
다시 동정호로 길을 돌려서
악양루에 올라가 내려다보면,
칠백리가 툭 트여 물결 층지고
한퇴지 유우석의 시가 걸려 있네.
발길 돌려 일관봉에[8] 올라
바위에 기대 창주를 바라보면,
금까마귀[9] 부상에서 날아 올라가
한밤중에 두 눈이 낮같이 밝아지네.
고개 들어 고향을 바라보자
흑자(黑子)가[10] 한가운데 떠 있어,
부질없이 시 읊으며 나는 듯 지나
오랜만에 청구(靑丘)로 돌아왔네.
서경은 전성(前聖)의 서울이었건만
누가 다시 구주(九疇)를[11] 찾아 물으랴.
즐겁구나! 한강 물가에
상서로운 기운이 늘 서려 있다니!
사람들 마음이 어찌 돌아오지 않으랴
공명을 참으로 거둘 수 있네.

---

1 모두 앉아서 술잔 멈추고
내가 부르는 「원유편」을 들어보게나.
擧坐且停酒, 聽我歌遠遊. —『주자대전(朱子大全)』「원유편(遠遊篇)」

我愛朱文公、十九歌遠遊。
古稱九州外、復有大九州。
瀛海環其陬、日月回其輈。
亥章所不極、禹迹空悠悠。
崑崙山萬里、河水橫東流。
五岳蟠靈根、三山列鼇頭。
王母園中桃、蒼茫何處求。
唐虞悵冀都、洛陽懷成周。
君無向浙江、怒濤難容舟。
君無往西蜀、鳥道猿猱愁。
且去洞庭湖、登臨岳陽樓。
層瀾七百里、詩詠留韓劉。
回攀日觀峰、倚巖睨滄洲。
金烏翥扶桑、半夜明雙眸。
擧頭望故鄕、黑子當中浮。
浪吟一飛過、汗漫歸靑丘。
西京前聖都、誰復訪九疇。
於樂漢之涘、佳氣鬱常留。
盍歸乎來哉、功名良可收。

---

2 유자(儒者)들이 말하는 중국은 천하의 81분의 1을 차지할 뿐이다. 중국의 이름은 적현신주(赤縣神州)이다. 적현신주 안에도 구주(九州)가 있으니, 우임금이 정리한 구주가 바로 이것이다. 그러나 그 구주가 원래 세상에 있는 주(州)의 숫자라고 생각하면 안 된다. 중국 밖에도 적현신주와 같은 것이 아홉 개나 있는데, 이것이 바로 구주이다. –『사기』 권74 「맹자·순경 열전」
이 시에서 말한 옛사람이 바로 추연(騶衍)이다.

3 비해(裨海)라고 하는 작은 바다가 구주를 하나하나 에워싸고 있어서, 사람이나 새·짐승들이 서로 오갈 수 없다. 이렇게 하나의 구역을 이룬 것이 바로 하나의 주이다. 이렇게 커다란 주가 아홉이나 있으며, 커다란 바다가 그 바깥

을 에워싸고 있다. 이것이 천지의 한계이다. – 같은 글

4 우임금이 태장을 시켜 동쪽 끝에서 서쪽 끝까지 걷게 했더니, 2억2만 3천5백 리 75걸음이었다. 또 수해(竪亥)를 시켜 북쪽 끝에서 남쪽 끝까지 걷게 했더니, 2억3만 3천5백 리 75걸음이었다. – 『회남자(淮南子)』 「지형훈(地形訓)」
원문의 해장(亥章)이 바로 수해와 태장인데, 모두 잘 걷는 자들이다.

5 7월 7일에 서왕모가 내려와서 선도복숭아 네 개를 무제에게 주었다. 무제가 먹고 나서 그 씨를 거둬 심으려 하자, 서왕모가 말했다.
"이 복숭아는 삼천 년에 한 번 열매가 열립니다. 중하(中夏)는 땅이 척박해서, 심어도 열리지 않습니다."
그러자 황제가 그만두게 하였다. – 「무제내전(武帝內傳)」

6 당(唐)은 요임금의 성이고, 우(虞)는 순임금의 성이다. 요임금이 기주(冀州)에 도읍하였다.

7 주나라가 천하를 통일한 뒤에, 성왕이 호(鎬)에서 낙(洛)으로 도읍을 옮겼다.

8 중국 산동성 태안현에 있는 태산마루 동쪽 바위인데, 해 뜨는 것을 구경할 수 있어서 일관봉이라고 한다.

9 해 속에 세 발 달린 까마귀가 있다고 해서, 해를 금오(金烏)라고도 한다. 고구려 벽화에도 세 발 달린 까마귀가 태양신으로 나온다.

10 작은 나라를 가리킨다.

11 주나라 무왕이 은나라를 멸망시킨 뒤에, 기자를 친히 방문하여 천도(天道)를 물었다. 그러자 기자가 홍범구주(洪範九疇)로 대답하였다고 한다. 기자가 평양에 도읍하였다는 전설이 있으므로, 이 시에서 구주를 언급하였다. 원문의 서경(西京)은 평양을 가리킨다.

한산의 시를 보고 느낀 바 있어
見寒山詩有感

1.

한산이 석가의 도에 관해서
오로지 믿지만은 않은 것도 같더니,
어찌 죽고 사는 것에 대해선
이를 투철하게 보지 못했던가.
천당과 지옥 같은 것들도
이름을 가리키며 거짓으로 만든 걸세.
기(氣) 다하면 이(理)도 또한 다하는 법이니
윤회라는[1] 말이 어찌 있으랴.

寒山於釋道、有不專屑屑。
胡爲死生際、此未看透徹。
天堂與地獄、指名皆假設。
氣盡理亦盡、何有輪廻說。

◇ 한산자(寒山子)는 전설적인 은자(隱者)인데, 그가 천태산의 나무나 바위에다 써 놓은 시 300여 수를 국청사의 스님이 모아서 『한산자(寒山子)』라는 시집을 엮었다. 대부분 5언시이다. 당나라 대력(大曆, 776~779) 시대에 시를 지었다고 하지만, 확실치 않다.

2.

삶과 죽음의 이치를 알고 싶으면
물과 불을 가지고 견주어 보소.
불 꺼지면 어찌 다시 불이 일어나며
물 마르면 어찌 다시 물이 흐르랴.
죽었다가 다시 사는 것 못 보았으니
삶에 죽음 있다는 것을 그 누가 알랴.
성(性)을 다하여 명(命)에 이르니
온전히 돌아가는 것이 가장 아름답네.

其二

欲識生死理、且將水火比。
火滅豈復火、水枯那更水。
不見死還生、誰知生有死。
盡性以至命、歸全斯爲美。

---

1 윤회에 여섯 가지 길이 있다. 착한 일을 많이 행한 자는 천도(天道)·인도(人道)·아수라도(阿修羅道)에 태어나고, 나쁜 일을 많이 행한 자는 지옥도(地獄道)·아귀도(餓鬼道)·축생도(畜生道)에 태어난다. 이 여섯 가지 길은 수레바퀴 같아서, 시작도 없고 끝도 없다고 한다. 「심지관경(心地觀經)」에 윤회에 대한 이야기가 실려 있다.

도옹의 시에 삼가 차운하여 아들 호에게 보이다
敬次陶翁韻示虎兒

싹이 났다가 이삭이 패기도 하지만[1]
열매까지 맺는 경우는 좀처럼 드물단다.
네 애비를 선비라고 부르지만
그저 문필에 그칠 뿐이란다.
사람마다 요순이 될 수 있으니
일필(一匹)을 이기기가 어렵지는 않단다.
도(道)는 실상 사람들이 다 아는 것이니
다른 신기한 술이 있는 게 아니란다.
말할 줄 알게 되면 혁사(革絲)를 배우고[2]
일곱 살부터는 앉고 먹는 것을 구별해야지.[3]
효제(孝弟)란 양지(良知)와 양능(良能)이 있고
성품을 바로잡기는 온율(溫栗)에 달렸단다.
이것만은 알아야 하니 성(性)의 중간에
본시 물(物)이 있는 것은 아니란다.

◇ (도옹은) 이황 선생의 호인데, 퇴계라고도 한다. (원주)
◇ 호아(虎兒)는 둘째 아들 김종호(金從虎)를 가리킨다. 자는 계의(季義)로, 하서가 28세 되던 1537년에 태어나 찰방(察訪, 종6품) 벼슬을 하였다.

有苗或有秀、鮮克有至實。
乃翁號爲儒、亦徒以文筆。
人皆可堯舜、非難勝一匹。
道實人共知、非有他奇術。
革絲自能言、席食別自七。
孝弟有知能、矯質在溫栗。
須知性中間、本自非有物。

---

1 싹은 났지만 꽃이 피지 못하는 것도 있고, 꽃은 피었지만 열매를 맺지 못하는 것이 있다. –『논어』「자한(子罕)」

곡식이 처음 나온 것을 묘(苗)라 하고, 꽃이 핀 것을 수(秀)라고 한다. 위 문장의 주에서 "배우고도 행하지 못하는 자가 있는데, 꽃이 피고도 열매를 맺지 못하는 자와 같다."고 하였다.

2 사내아이는 가죽 주머니를 차고, 계집아이는 비단 주머니를 차게 한다. –『예기』「내칙(內則)」

아들과 딸을 키우고 가르치는 법이 다르다는 뜻이다.

3 일곱 살부터 남녀는 자리를 같이 앉지 않고, 밥도 같이 먹지 않는다. –『예기』「내칙(內則)」

빗속에 국화를 심으면서

雨中種菊

나무를 심으려면 소나무를 심어야 하고
꽃을 심으려면 국화를 심어야 하네.
소나무는 사철에 봄을 머물게 하고
국화는 중앙의 황색을[1] 타고 났네.
다행히 병들어 내 돌아오니
전원이 어찌나 마음에 드는지,
북쪽 고개의 어린 소나무를 추울 때 옮기고
동쪽 울타리의[2] 푸른 국화를 빗속에 나누었네.
천년의 눈 서리를 겪은 등걸에
가을바람 늦은 향기가 스며드네.
이제 중산의 술을 빚으면[3]
국화를 한 줌 따다가 술에 띄우리.

種木當種松、種花當種菊。
松留四旹春、菊禀中央色。
幸我以病歸、田園頗自得。
寒移北嶺稚、雨分東籬綠。
千年霜雪幹、秋風襲晚馥。
且釀中山醪、采采泛盈掬。

1 오행에 의하면 중앙이 황색이다.

2 도연명의 「음주(飮酒)」 시를 생각하며 국화를 동쪽 울타리에 심어, 가장 먼저 햇볕을 받게 한 것이다.
동쪽 울타리 밑에서 국화를 따고는
물끄러미 남산을 바라보네.
採菊東籬下, 悠然見南山.

3 적희(狄希)는 중산 사람인데, 천일주(千日酒)를 빚을 줄 알았다. 그 술을 마시면 천일 동안이나 취하였다. –『수신기(搜神記)』 권19

벗에게 지어 주다
贈友人

내 원래 세상 재미가 너무 적어서
정과 이름이 서로 같지를 않네.
본디 마음이 산수 사이에 있어
방랑하는 선비 되기를 다짐했었네.
봉래궁에 자취를 붙인 뒤부터
순서 뛰어넘은 등용에 얼굴 부끄러워,
노한 자 누구인지 몰랐지만
허물을 뉘우치고 내게 책임을 물었네.
어제 저녁 총총히 만나봤는데
편지가 이제 또 오다니,
마치 웃음 짓고 이야기하며
책상 앞에 조용히 모신 것 같네.
묵은 인연이 실로 이미 깊어서
안팎 없이 서로 잘 아는 터라,
재목을 잘못 골라 쓸모없는 나무 거두고[1]
말 상(相)을 잘못 보아 준마 버렸네.

---

1 장자가 산속을 가다가 가지와 잎이 무성한 큰 나무를 보았다. 나무꾼이 그 옆에 있으면서도 나무를 베지 않는 것을 보고, 그 까닭을 물으니, "쓸모가 없기 때문이다."고 하였다. –『장자』「산목(山木)」

세상을 잘 다스리자는 평소의 마음
직(稷)·설(契)의 사업에다 견주었었지.[2]
문예의 동산에서 노니는 사람들은
속학이라 참으로 야비하다네.
연원은 증자(曾子)와 자사(子思)에게 거슬러 올라가고
의론은 재여(宰予)와 자공(子貢)을 가볍게 보며,
권리의 패공을 부끄럽게 여기고
인의의 왕도를 이야기하네.
결국에는 용 잡는 기술도 효험 있으리니[3]
어찌 문장이나 아로새기는 기술과 같으랴.
바로 달려가서 감사드리지 못하고
그리워하는 글자로써 먼저 아뢰네.
총각시절[4] 내 집을 찾아주었고

---

2 내 몸 자랑한 것이 얼마나 어리석은지
직과 설에게다 내 혼자 견주었네.
許身一何愚, 竊比稷與契. – 두보「영회시(詠懷詩)」

직과 설은 순임금의 재상이다.

3 주평만은 지리익에게서 용 잡는 기술을 배웠는데, 천금이나 나가는 집을 세 채나 팔아 폐백을 바쳤다. 그러나 그 기술을 익힌 뒤에 써먹을 곳이 없었다.
–『장자』「열어구(列禦寇)」

4 앳되고 예쁘던
두 갈래 머리 총각도
얼마 만에 만나니
갑자기 관 쓴 어른 되었네.
婉兮孌兮. 總角丱兮.
未幾見兮, 突而弁兮. –『시경』제풍「보전(甫田)」

관(丱)은 머리를 두 갈래로 딴 모습이다.

반수(泮水)에서 미나리를 함께 캤었지.[5]
불원(不遠)의 가르침[6]을 끝내 남기니
생각할수록 참으로 뜻이 있네.
지금도 편지 속에는
이상케도 천 리가 쉽다 했으니,
내 걸음도 어려운 건 역시 아니지만
다만 번거롭게 할까 두려워했지.
내 찾아가서 건중의[7] 문 두드리면
우리 서로 만나볼 수가 있을 테지.

---

5 즐거워라! 반궁의 물가에서
미나리를 캐네.
思樂泮水, 薄采其芹. –『시경』 노송(魯頌) 「반수(泮水)」

주나라 시대 제후의 국학(國學)을 반궁(泮宮)이라고 하였다. 동문과 서문 사이, 학궁의 남쪽 절반을 물로 에워쌌으므로 반궁(泮宮)이라고 불렀으며, 그 둘레에 흐르는 물이 바로 반수(泮水)이다. 조선시대 성균관도 반궁이라고 불렀으며, "미나리를 캐다"는 말은 성균관에서 공부하는 것을 비유한 표현이다.

6 맹자가 초청받아 위(魏)나라를 방문하자, 혜왕(惠王)이 "선생께서 천리를 멀다 않고 찾아와 주셨으니, 역시 우리 나라에 장차 이익을 주시려 함입니까? [叟不遠千里而來 亦將有以利吾國乎]"라고 질문하였다.

7 남명(南冥) 조식(曺植, 1501~1572)의 자가 건중(健中)인데, 이 시의 제목에 보이는 우인(友人)이 남명인지는 알 수 없다. 하서는 19세 되던 1528년 성균관 칠석제(七夕製) 시험에 1등으로 합격하고, 24세 되던 1533년 성균관에 유학하여 퇴계와 함께 강학하였는데, 남명은 성균관에 입학한 적이 없기 때문이다.

我於世味薄、情名不相似。
素心山澤間、自許放浪士。
托迹蓬萊宮、強顏慙不次。
怒者不知誰、引過不自已。
匆匆前夕晤、玉音今又至。
宛然談笑間、從容几案侍。
夙契實已深、相知無表裏。
收材錯散櫟、相馬遺良驥。
生平經世心、事業稷契比。
優游文藝苑、俗學良可鄙。
淵源泝曾思、議論輕予賜。
覇功耻權利、王道談仁義。
屠龍會有效、豈同雕鎪刺。
未卽馳往謝、先報相思字。
丱角枉茅簷、采芹同泮水。
終垂不遠敎、念之眞有是。
只今片雲中、却怪千里易。
我行亦非難、但恐煩閭里。
往扣健中門、從可相奉矣。

그리운 사람

有所思

님의 나이가 서른 되어가고[1]

내 나이는 서른여섯이[2] 되는데,

새 즐거움을 반도[3] 누리지 못하고

한번 이별하자 시위 떠난 화살 같네.

◇ 이 시는 인종(仁宗)을 그리워하며 지은 시이다. 하서의 연보에서는 이 시를 지은 전후 사연을 이렇게 기록하였다.

(인종대왕 원년) 을사(1545년) 선생 36세

7월에 인종대왕의 승하 소식을 듣고 곧 칭병하여, 벼슬을 사임하고 집으로 돌아갔다.

선생은 승하 소식을 듣고 실성하여 부르짖고 가슴을 두드리며 살고 싶지 않은 사람같이 하여, 거의 심화병이 일어났다. 그래서 정신을 잃고 쓰러졌다가 이내 소생하여, 병을 이유로 사직하고 귀가하였다. 그 뒤부터 인사를 폐하고, 다시는 벼슬에 나아갈 마음을 가지지 않았다.

(명종대왕 원년) 병오(1546년) 선생 37세

7월에 산으로 들어가서 인종의 초기(初朞)에 곡하였다.

선생은 (인종이 승하한) 을사년 뒤부터 가을철(7월)이 될 무렵이면 책을 덮고 손님을 받지 않았다. 즐거움도 다 잊고 침울해서 문밖에 나가지도 않다가, 7월 초하룻날 효릉(孝陵; 인종)이 세상 떠난 날이 되면 술을 가지고 집 남쪽의 난산(卵山) 속으로 들어갔다. 한 잔 마시고 한번 곡하며, 울부짖으며 밤을 지새우고 내려왔다. 죽을 때까지 이렇게 하며, 한 해도 거르지 않았다.

하서가 또한 「유소사(有所思)」라는 시를 지었는데, (위의 시가 실렸음) 그 서글프고도 격렬한 정이 구절 사이에 나타난 것이 이와 같았다.

1 나는 열다섯에 학문에 뜻을 두었고, 서른에는 예의를 알게 되어 혼자 설 수 있었다. [吾十有五而志于學 三十而立] -『논어』「위정(爲政)」

이 글에서 "입(立)" 자가 서른 살이라는 뜻을 가지게 되었다.

2 12년을 1기(紀)라고 한다. 세성(歲星)이 한 번 돌아오는데 12년이 걸린다.

내 마음 굴러갈 수도 없는데
세상일은 동쪽으로 흘러가는 물 같아,
한창 나이에 해로할 사람 잃어버리자
눈 어둡고 이 빠진데다 머리까지 희었네.
묻혀 살면서 봄 가을이 몇 번이던가
오늘까지 아직도 죽지 못했네.
잣나무 배는 황하 중류에 있고[4]
남산엔 고사리가 돋아나는데,[5]
주나라 왕비가 도리어 부러워라
생이별하며 도꼬마리를 노래하다니.[6]

君年方向立、我年欲三紀。
新歡未渠央、一別如絃矢。
我心不可轉、世事東流水。
盛年失偕老、目昏衰髮齒。
泯泯幾春秋、至今猶未死。
柏舟在中河、南山薇作止。
却羨周王妃、生離歌卷耳。

---

3 밤이 얼마나 지났나?
아직도 밤이 다하지 않았네.
夜如何其, 夜未央. –『시경』 소아 「정료(庭燎)」
앙(央)은 절반의 뜻이다.

4 저 잣나무 배가 두둥실
황하 가운데 떠 있네.
더펄머리 양쪽 늘어진 그이가
정말 내 남편,

죽어도 다른 마음 안 가지리라.
어머니는 하늘이건만
어찌 내 마음 몰라주나요.
汎彼柏舟, 在彼中河.
髧彼良髦, 實維我儀. 之死矢靡它.
母也天只, 不諒人只. –『시경』 용풍 「백주(柏舟)」

위나라 세자 공백(共伯)이 일찍 죽었는데 그의 아내 공강(共姜)이 수절하며 지내자, 그 친정 부모가 억지로 재혼시키려 하였다. 그러자 공강이 죽어도 다시 시집가지 않겠다고 다짐하며 이 시를 지었다고 한다. 이 시는 그 뒤로도 수절하는 젊은 과부를 표현하기 위해 많이 쓰였다.

5 저 남산에 올라
고사리를 캤네.
당신을 못 보았을 적엔
내 마음 서글프더니,
당신을 보고나자
당신을 만나고 나자
내 마음 편안해졌네.
陟彼南山, 言采其薇.
未見君子, 我心傷悲.
亦既見止. 亦既覯止. 我心則夷. –『시경』 소남 「초충(草蟲)」

6 도꼬마리를 캐고 또 캐도
납작한 바구니에 차지 못하네.
아아! 내 님을 그리다 못해
바구니를 저 한길에다 내어던졌네.
采采卷耳, 不盈頃筐.
嗟我懷人, 寘彼周行. –『시경』 주남 「권이(卷耳)」

이 시는 남편이 집에 없자, 아내가 그리워하며 지은 노래이다. 원문의 권이(卷耳)는 시의 제목이기도 하다. 권이(卷耳)를 권이(菤耳)라고도 한다.

제목 없이
無題

아름다운 나무가 원기에 흠뻑 젖어
우뚝 서서 가지 멀리 뻗치고,
위로는 해와 달의 빛을 받으며
비와 이슬에 자양이 넉넉하였네.
어진 바람이 온누리에 불어 떨치자
만물이 기뻐서 어쩔 줄 몰랐네.
바람과 서리 갑자기 휘몰아치자
꿋꿋하던 등걸이 시들어 꺾어졌네.
온갖 새들이 구슬피 울어대니
아무리 날아간들 어디에 의지하랴.
황혼녘에 저녁구름 일어나더니
장맛비까지 부슬부슬 흩날리누나.

佳木涵元氣、亭亭揚遠枝。
上承日月光、雨露繁華滋。
仁風振海宇、萬類方怡怡。
風霜忽飄薄、直幹還摧萎。
衆鳥聲啾啾、飛飛何所依。
黃昏暮雲起、霖雨來霏霏。

인잠에게 지어 주다
贈印岑

강천사 눈 속에 파묻힌 절에
나 혼자 여기 와서 글을 읽노라니,
맑은 새벽에 스님 찾아와 알려 주기를
백암사로[1] 옮겨가 머물게 되었다네.
무심한 구름이 멧부리를 벗어나다가[2]
우연히 이곳에 막대를 머물었었지.
소매 속에 삼도인(三道印)이 들어 있는데
한 첩지는 관에서 내린 걸세.
대항(大項)의 물을 돌려 제방을 쌓아
백성들에게 많은 도움을 주었네.
내게는 조고모(祖姑母)의 손자가 되니
나더러 마땅히 형이라 불러야 했는데,
어쩌다 일찌감치 서로 등져서
지금까지 너를 보지 못했던가.
내 예전에 들으니 서방의 교(敎)는
친척이건 아니건 차별 없다지.
아무리 그렇다지만 육촌 사인데
길 가는 사람들과 어찌 같으랴.
때때로 찾아오기도 하고
부디 서로 잊지 마세나.

剛泉雪中寺、伊我來讀書。
淸晨有僧來、云住白巖居。
無心雲出峀、偶此駐行裾。
袖中三道印、一紙官所除。
隄防大項流、有助生民閭。
乃是祖姑孫、爾當兄稱余。
何爲早飄戾、至今不見渠。
吾聞西方敎、差等無親疎。
雖然再從親、豈與行路如。
時時可來訪、其無相舍諸。

---

1 전라남도 장성군 백암산에 있는 백양사(白羊寺)인데, 백제 무왕 33년(632)에 여환(如幻)이 창건하면서 "백암산 백양사"라고 하였다.

2 구름이 무심히 멧부리를 벗어나네.
雲無心而出峀. – 도잠 「귀거래사」

강원도 노래
江原道歌謠

관동은 경치가 좋은 지역이라
시냇물과 언덕이 바다 산과 이어져 있네.
상공께서 이 지방을 안무하시니
가는 곳마다 단비 내리고 바람도 알맞네.
옷에는 대궐 향기가 스며 있으니
예전에 승정원에서 조서를 맡았네.
성상께서 백성의 어려움을 염려하시어
주나라 소공 대신 그대가 가서 살피라셨네.
감당나무가 곳곳마다 그늘 우거지고[1]
원습에는[2] 광채 휘황해,

---

1 무성한 저 아가위나무를
베지도 말고 치지도 말라.
소백님이 머무신 곳이라네.
蔽芾甘棠, 勿翦勿伐. 召伯所茇. –『시경』 소남「감당(甘棠)」
소(召)나라 목공이 남쪽을 순행하다가 이 아가위나무 아래에서 쉬며 백성을 돌보았기에, 백성들이 그의 덕에 감복하여 이 나무까지도 소중하게 보호하였다.

2 아름다운 꽃들이
저 들판에 진펄에 피었네.
급히 달려가는 사신의 신세
행여나 못 미칠까 날마다 걱정이네.
皇皇者華, 于彼原隰.
駪駪征夫, 每懷靡及. –『시경』 소아「황황자화(皇皇者華)」
원(原)은 들판이고, 습(隰)은 진펄이다. 임금의 사명을 받고 지방에 나간 사신

어둔 곳이고 밝은 곳이고 한결같아서
맑은 거울이 빠짐없이 비추네.
외롭고 병든 자 어루만져 감화시키고
완악하고 사나운 자는 벌벌 떨게 만들며,
저 언덕에 무성한 다북쑥 돌봐[3]
부드런 얼굴빛으로 웃음을 띠우네.[4]
아이들은 기뻐하며 훌륭한 인물이 되니[5]
나나니벌처럼 같아지기를 모두 바라네.[6]
조정에서 그대를 잠시 내보내 시험하는 것이니
묘당에서 정권 잡을 날 머지않으리.

이 들판이나 진펄을 가리지 않고 바삐 다니며 민정을 살핀다는 뜻인데, "사신이 다니는 곳"으로 쓰였다.

3 무성한 다북쑥이
저 언덕에 자랐네.
군자를 만나보니
즐겁고도 예의 바르네.
菁菁者莪, 在彼中阿.
既見君子, 樂且有儀. –『시경』 소아 「청청자아(菁菁者莪)」
이 시는 인재를 기르는 즐거움을 노래한 시이다.

4 부드런 얼굴빛에다 웃음을 띠우시며
화 내시지도 않고 잘 가르치시네.
載色載笑, 匪怒伊教. –『시경』 노송 「반수(泮水)」
전(傳)에 "색(色)은 얼굴빛이 부드럽다는 뜻이다."라고 하였다.

5 어른들은 덕이 있고
아이들은 훌륭한 인물이 되니,
옛어른께선 마다 않으시고
훌륭한 선비들을 뽑아 키우셨네.
肆成人有德, 小子有造.
古之人無斁, 譽髦斯士. –『시경』 대아 「사제(思齊)」

민정을 알아보다[7] 겨를 생기면
걸음을 날려서 가파른 산[8] 넘어,
넘실대는 고래 물결도 구경하고
깊고 아름다운 옥동도 더듬어 보게나.
인지(仁智)의[9] 사이에서 실컷 노닐어
남은 흥을 시 자료에 더 보탠다면,
남여 메는 것을 감히 꺼리랴
그대 모시고 올라가서 보겠네.

關東形勝區、川原連海嶠。
相公此按巡、一路仰風調。
衣熏御爐香、舊贊銀臺詔。
聖上念民瘼、往汝周家召。
甘棠處處蔭、原隰生光耀。
幽明在一別、淸鑑無遺照。
惸鰥感摩撫、頑悍聞震悼。
菁莪眷中阿、載色而載笑。
小子欣有造、螟蛉咸願肖。
朝廷暫試外、匀軸須廊廟。
咨詢儻少暇、飛步凌奇峭。
鯨波觀滉瀁、玉洞探窗窱。
優游仁智間、餘興添詩料。
敢憚扶藍輿、杖屨陪登眺。

---

6 뽕나무벌레가 새끼를 낳자
나나니벌이 업고 다니네.
그대 자식도 가르치고 깨우쳐서
그처럼 착하게 만들어야지.
螟蛉有子, 蜾蠃負之.
教誨爾子, 式穀似之 –『시경』 소아「소완(小宛)」
예전에는 나나니벌이 뽕나무벌레의 어린 새끼를 나무에서 업어다가 키워, 7일 만에 자기 새끼로 만든다고 하였다. 그러나 이는 옛사람들이 나나니벌이 뽕나무벌레 새끼를 잡아다 먹는 것을 잘못 본 것이다. 어쨌든 이 시에서는 자식들을 교육시켜 훌륭한 사람 만드는 것에 비유하였다.

7 내 말은 은총이
여섯 고삐 가지런해라.
달리고 또 달려서
두루 묻고 알아보네.
我馬維駰, 六轡既均.
載馳載驅, 周爰咨詢. –『시경』 소아「황황자화(皇皇者華)」
자순(咨詢)은 민정을 묻고 알아보는 것인데, 자문(咨問)과 같은 말이다.

8 기초(奇峭)는 가파른 산인데, 이 시에서는 금강산을 가리킨다.

9 지혜로운 자는 물을 좋아하고, 어진 자는 산을 좋아한다. 지혜로운 자는 동적이고, 어진 자는 정적이다.[知者樂水, 仁者樂山, 知者動, 仁者靜.] –『논어』「옹야(雍也)」
이 시에서 인(仁)은 산을 뜻하고, 지(智)는 물을 뜻한다.

칠언고시
권4

장성군 황룡면 맥동 마을에 복원한 생가 백화정(百花亭)
[시민의 소리 사진]

필전
筆戰

문성장군 담력이 너무나 커서
신기하게 달리며 만 사람을 꺾으려 하네.
치솟은 노기에다 군세도 웅장해
한원(翰苑)에 달려들며 휘두르고 꾸짖네.
중산공자(中山公子)의[1] 날카로운 칼끝이
비바람에 춤추며 천기를 드날리자,
그 가운데 굳세고 단단한 홍농공(弘農公)이[2]
범같이 묵직하게 산언덕에 다다랐네.
게다가 진현(陳玄)과 저백(楮白)까지[3] 어울려
의형(儀形)을 정돈하며 달리 마음 쓰지 않네.
어지럽게 번쩍거리며 고래 붕새 모여들어
지느러미 비늘이 서로 뒤집히네.
꿋꿋한 그 기세가 보는 이들을 뒤흔들어
겁 많은 자 벌벌 떨며 물결처럼 휩쓸리네.
휘파람 불고 어깨 으쓱거리며 의기양양 돌아오니
곤륜산 황하수도 넘어뜨릴 기상일세.
내 듣기에 기예(技藝)란 하나의 말사(末事)이니
아무리 잘 한단들 무엇이 대단하랴.
도의(道義)의 속에서 유유히 놀며 헤엄치면
가슴 속의 낙지(樂地)에 중화가 보존되리.
인(仁)에 살면 스스로 적이 없어지니[4]

부조(浮藻)나[5] 자랑하다 그 실상을 어찌하랴.
부박한 풍속이 끝내 순박한 근원으로 못 돌아가니
온 세상에 도가 없어져 거짓만을 익히네.
육경(六經)은 찌꺼기라[6] 입과 귀에 부쳐두고
겉으로만 떠들며 공자 맹자를 존중하네.[7]
지금까지도 이익 따지는 길에서 고개를 못 돌리고
날마다 헛된 이름만 다투며 등수를 겨루는구나.

文成將軍膽氣麤、欲騁神奇摧萬戈。
崢嶸怒氣壯軍容、馳入翰苑煩麾訶。
中山公子奮鋒鋩、戰風舞雨揚天磨。
就中剛毅弘農公、重如虎豹臨山阿。
況復陳玄與楮白、整頓儀形心匪他。
繽粉欻霍窣鯨鵬、鱗鬣倒側相嵯峨。
居然聲勢振聞睹、懦夫惴慄驚奔波。
長嘯掉臂滿意歸、氣象可倒崑崙河。
吾聞技藝特末事、紛紛豈足爭其多。
優游涵泳道義府、胸中樂地存中和。
居仁從自致無敵、特衒浮藻其實那。
澆風竟未反淳源、道喪世習千里訛。
六經糟粕寄口耳、齗齗謾自尊丘軻。
秖今利路莫回首、日競虛名鬪品科。

1 진시황 때에 장군 몽염(蒙恬)이 연나라를 치러 가는 길에 중산에 머물러 사냥했는데, 토끼를 잡아서 그 털로 붓을 만들었다고 한다. 그래서 한유(韓愈)가 붓을 의인화하여 「모영전(毛穎傳)」을 지으면서, “모영(毛穎)은 중산 사람인데, 그 조상은 명시(明眎)이다.”라고 하였다.

2 「모영전」에서 벼루를 홍농공이라고 하였다.

3 한유(韓愈)가 『사기(史記)』의 필법을 모방하여 붓을 소재로 「모영전(毛穎傳)」을 지으면서, 붓과 먹과 벼루와 종이 등 이른바 문방사우(文房四友)에 대해서 각각 관성자(管城子), 진현(陳玄), 도홍(陶泓), 저선생(楮先生)으로 의인화(擬人化)하였다.

“모영은 강(絳) 땅 사람 진현(陳玄)과 홍농(弘農)의 도홍(陶泓)과 회계(會稽)의 저선생(楮先生)과 매우 친하여 서로 추천하고 초대하면서 나아가고 물러나기를 반드시 함께하였다.”

강 땅은 먹의 명산지이므로 진현은 먹을 의인화한 것이고, 홍농은 벼루의 명산지이므로 도홍은 벼루를 의인화한 것이며, 회계는 종이의 명산지이므로 저선생은 종이를 의인화한 것이다.

4 저쪽 왕들이 자기네 백성들을 곤경에 빠뜨렸을 때에 왕께서 가셔서 정벌하신다면 누가 왕께 맞서겠습니까? 그래서 “어진 이에겐 적이 없다[仁者無敵].”고 하는 것이니, 왕께선 의심치 마십시오. –『맹자』「양혜왕」상

5 부조(浮藻)를 글자 그대로 번역하면 “물에 뜬 마름”인데, 시나 문장을 부정적으로 표현할 때에도 이 말을 쓴다.

6 육경은 시(詩)·서(書)·역(易)·예(禮)·악(樂)·춘추(春秋)인데, 『장자』에 “육경은 성인의 찌꺼기”라는 구절이 있다.

7 추나라와 노나라는 수수(洙水)와 사수(泗水) 가에 있는데, 아직도 주공(周公)의 유풍이 있다. 풍속이 유학을 숭상하고 예절을 잘 지키기 때문에, 그 백성의 행동이 까다롭다. (줄임) 그러나 노나라가 쇠한 뒤로는 주민들이 장사하기를 좋아하여, 이익을 쫓아가는 것이 주나라 사람보다도 더하였다. –『사기』 권69 「화식열전(貨殖列傳)」

옛칼 노래
古劍歌

자줏빛을 머금은 칼이 있어
풍성 물속에서 내 처음 얻었네.[1]
천년 묵은 빛이 긴 고리에 둘렸고
땅에 내던지면 쟁그랑 소리가 들렸네.
서릿발같이 시퍼런 서슬이 녹에 묻혀 어두우니
늙은 이무기가 비늘이 말라 땅에 떨어져 죽은 듯했건만,
기운이 북두칠성 견우성 사이를 찔러 높은 하늘 꿰뚫으니
하늘도 빛이 변하며 감히 보지 못했네.
원통한 기운 엉겨 만 길 무지개로 변하자
우주에 두루 퍼져 가로 세로 엉켰네.
칼날을 갈았더니 무지갯빛 새로 나서
몇 겹의 먼지 때를 숫돌에 갈아냈네.
백분의 정신이 전날보다 갑절 빛나
어두운 그늘 속에 귀신을 떨게 하네.
대낮 빈 집에 번갯빛 휘날리다
때때로 뭉게뭉게 구름기운 뒤따르니,
옥갑에 감춰 두고 기다리세나
언젠가는 내 손으로 우주를 휘두르리.
긴 이무기 허리 베어 형계(荊溪)에 보답하고[2]
깊은 산 큰 늪에서 범과 들소 목 자르며,
높은 벼랑 큰 언덕 한번 그어 무너뜨려

혜성을 어루만져 백성을 편안케 하세.
구천에 몸을 날려 옥황님께 절 올리고
분명히 너와 함께 길이 서로 의지하리라.
만 리에 노닐며 업신여김을 면하리니
그대는 부디 이곳을 떠나지 말게나.
백 년 동안 유유히 생사를 같이하세
한가락 긴 노래로 시름을 달래노라.

有劍有劍含紫光、我初得之豐城水。
千年古色帶長珥、擲地鏘鏘聲在耳。
淸霜鋩刃晦瘢痕、老蛟鱗枯身陸死。
氣干斗牛貫層霄、天爲動色不敢視。
寃氛凝作萬丈虹、橫張六合相邐迤。
試余新將磨出彩、一硎刮去塵埃累。
精神百分倍前朝、暗懾神鬼玄陰裏。
空堂白晝飛電光、有時雲氣隨旖旎。
藏之玉匣亦有待、終揮宇宙從吾指。
下斬長蛟報荊溪、深山大澤刳虎兕。
高崖巨岸劃崩裂、上撫欃搶安赤子。
騰身九天拜玉皇、耿耿與爾長依倚。
遨遊萬里免淩暴、愼爾且莫輕離此。
百世悠悠同生死、一曲長歌聊爾爾。

1 진(晉)나라 때 풍성 땅에 보검 두 자루가 묻혀 있었는데, 붉은 기운이 북두칠성과 우성 사이에 내뻗쳤다. 천문을 보던 뇌환(雷煥)이 풍성 현령으로 가서, 보검을 땅속에서 파내었다.

2 차비(佽飛)는 형(荊)의 용사인데, 검술이 뛰어났다. 보검을 지니고 강을 건너는데, 중류에서 이무기 두 마리가 그가 탄 배를 휘감고 돌았다. 차비가 칼을 뽑아서 이무기를 베자, 배가 안전해졌다. 그래서 형왕이 차비에게 집규(執圭) 벼슬을 주었다.

차비(佽飛)는 자비(兹非)라고도 쓴다.

혼동강
混同江

내 들으니 천하에 큰 강 셋이 있는데
혼동강이 그 가운데 하나라네.
맨 처음 근원이 장백산에서 흘러나와[1]
한 줄기가 커지면서 하늘의 해를 적셨네.
중국 천지를 가로지르며 장하게 삼켰다 뱉어
곧바로 바다물결과 아울러 장관을 다투는구나.
완안부(完顔部)의[2] 남은 자취는 천릉(川陵)으로 변하고
지금은 수레와 책이 한 집에 함께하네.[3]
어떻게 하면 바람을 타고 만 리 파도를 넘어가
삼신산을 가리키며 먼 곳을 밟아보랴.

吾聞天下三大水、混同之江此其一。
爰初發源長白山、一派浩浩涵天日。
橫連華夏壯呑吐、直與滄溟爭渤潏。
完顔餘迹變川陵、秖今車書同一室。
長梔擬棹萬里波、指點三山躡超忽。

◇ 정선달(丁先達)을 대신하여 짓다. (원주)

◇ 혼동강은 흑룡강과 송화강이 길림성 동강현 북쪽에서 합류하여 이뤄진 강이다. 지금 이름은 아무르 강인데, 중국과 러시아 국경을 따라 흐르다가 하바롭스크를 거쳐 오호츠크 해로 빠져 나간다. 혼돈강이 실제로 어느 강인지, 시대마다 논란이 있었다.

백두산 고지도에 혼동강에 대한 설명이 실려 있다.[4]

1 백두산 부근에 있는 이도백하(二道白河)에서 시작된 한 지류가 송화호(松花湖)를 거쳐 송화강으로 들어간다.

2 여진족의 부족 이름인데, 송화강 동쪽에 대대로 살았다. 송나라 때에 이 부족이 금나라를 세웠는데, 몽고에게 멸망하였다.

3 지금 천하는 수레가 같은 궤도를 쓰고, 책이 같은 글자를 쓴다. –『중용』 진시황이 천하를 통일한 뒤에 문화도 통일되었다는 뜻이다.

4 "(백두)산 위에 못이 있는데, 주위가 80리이다.
남쪽으로 흘러서 압록강이 된다.
동쪽으로 흘러서 두만강이 된다.
북쪽으로 흘러 혼동강이 된다."

용문의 높음을 짧은 노래로 짓다
龍門高短歌

용문의 높이가 몇천 길인가?
잘린 벼랑 두어 개가 황하에 임하였네.
황하수가 넘실거리며 밤낮 흐르니
몸을 붙여 오르내리며 풍파를 따르는구나.
바람 물결 굽이치며 비안개 자욱하니
고개 들어 바라보면 시름겹게 까마득해라.
천 층 만 층 흰 구름 사이
구만 리 아득하게 하늘은 넓은데,
언제 한번 갈기 펼쳐 구름 비 몰고 와서
온 땅에[1] 퍼부어 억수로 흐르게 하려나.

龍門高幾千仞、斷崖數級臨黃河。
河水洋洋日夜流、側身上下隨風波。
風波蕩漾霧雨瀰、舉首一望愁嵯峨。
千層萬層白雲間、蒼茫九萬天何多。
何時揚鬐奮鬣弄雲雨、下注九土流滂沱。

---

1 우임금이 천하를 아홉 주(州)로 나누었는데, 이를 구주(九州), 또는 구토(九土)라고 한다. 『서경』「우공(禹貢)」에 기록된 구주는 기(冀)·연(兗)·청(靑)·서(徐)·형(荊)·옹(雍)·예(豫)·양(揚)·량(梁)이다.

오언절구
권5

대보름날 저녁
上元夕

땅 모습을 따라 높고 낮으며
천시에 따라 이르고 늦네.
사람 말을 어찌 다 걱정할 게 있으랴[1]
밝은 달은 본래 사정이 없는 거라오.

高低隨地勢、早晚自天時。
人言何足恤、明月本無私。

◇ 다섯 살 때에 지었다. (원주)
대보름날 초저녁에 횃불을 들고 높은 곳에 올라 달 떠오르는 것을 맞이하는데, 이것을 달맞이라고 하였다. 이때 13일경부터 만들어 놓은 달집을 태우기도 한다. 먼저 달을 보는 사람은 연운(年運)이 좋아서 총각은 장가를 가게 되고, 신랑은 아들을 낳게 된다고 하였다. 달빛으로 그 해의 풍흉(豊凶)을 점치기도 한다. 달빛이 붉으면 가물고, 희면 장마가 들 징조라고 한다. 또 달이 뜰 때의 형체의 대소(大小), 용부(湧浮), 고저(高低)로 점을 치기도 한다. 또 달의 윤곽과 사방의 후박(厚薄)으로 일 년 농사를 점치는데, 달의 사방이 두터우면 풍년이 들 징조이고, 엷으면 흉년이 들 징조이며, 조금도 차이가 없으면 평년작이 될 징조라고 한다.

시를 읊어서 제군에게 보이다
吟示諸君

1.

서화담의[1] 말은 만금보다도 귀중해
천년의 참 선비에게 연원하였네.
베껴와 보니 깊은 깨우침 있어
고(枯) 일변으로 떨어질 위험은 면했네.

珎重花潭語、淵源千載儒。
謄來深有警、免落一邊枯。

2.

주공과 공자의 도덕이 천년을 전해
그 경륜이 송나라 유학자들에게 이어졌네.
남아의 사업이 여기 있으니
초목과 같이 말라버릴 수 있으랴.

其二

周孔傳千古、經綸屬宋儒。
男兒事業在、草木肯同枯。

---

1 서경덕(徐敬德, 1489~1546)의 호가 화담이다.

대임을 배웅하다
送大任

먼 곳 나그네가 병도 많았는데
헤어지는 마음은 정말 괴롭네.
오동잎에 빗방울 소리까지 들리자
하룻밤에 흰머리가 생겨났네.

遠客苦多病、別離情更愁。
添將梧葉雨、一夕生白頭。

◇ 하서와 비슷한 시기에 성균관에서 공부한 유생 가운데 대임(大任)이라는 자를 지닌 인물은 1531년 생원시에 합격한 금축(琴軸, 1496~1561) 뿐이다. 퇴계는 금축과 창화한 시가 있지만, 이 시에 보이는 대임이 금축인지는 확실치 않다.

경임에게 지어 주다
贈景任

큰 사업을 기약하며 함께 배우고
서로 알아주며 마음을 허락했지.
심고 또 북돋우기에 마음 써야 하니
뿌리가 다져져야 가지 무성하다네.

共學期鴻業、相知許寸心。
栽培要有意、末茂在根深。

윤맹현이 술을 가지고 찾아오다
尹孟賢持酒來訪

세밑이라 산의 모습도 늙어 뵈는데
좋은 술을 보자 병이 절로 낫네.
서로 만나 이야기할 틈도 없이
잔 주고 받다가 병 다 기울였네.

歲暮山容老、青尊病骨蘇。
相逢無所語、酌酌到傾壺。

소쇄원 사십팔영
瀟灑園四十八詠

작은 정자에서 난간에 기대다

소쇄원 안에 있는 모든 경치가
한데 어우러져 소쇄정을 이루었네.
눈 높이 들면 상쾌한 맛 느껴지고
귀 기울이면 영롱한 소리 들리네.

小亭憑欄

瀟灑園中景、渾成瀟灑亭。
擡眸輸颯爽、側耳聽瓏玲。

소쇄원 광풍각. [소쇄원 홈페이지]

돌길이 위태로워 붙들다

한 가닥 오솔길에 삼익이[1] 잇달아
붙들기 쉬우니 위태롭지 않네.
티끌세상 발자취가 절로 끊어졌으니
이끼를 밟아도 빛이 더욱 푸르네.

石逕攀危

一逕連三益、攀閒不見危。
塵蹤元自絶、苔色踐還滋。

작은 못에서 물고기가 헤엄치다

네모난 연못이 한 이랑도 못 되건만
그런대로 맑은 물을 넉넉하게 담았네.
고기 떼가 주인 그림자를 놀려대니
낚싯대를 드리울 마음이 없네.

小塘魚泳

方塘未一畝、聊足貯淸漪。
魚戲主人影、無心垂釣絲。

연못 다락에서 더위를 식히다

남쪽 고장이라 불더위 참기 힘든데
이곳만은 서늘한 가을 날씨일세.
바람은 다락 가의 대숲에 불고
못물은 바윗돌 위로 나뉘어 흐르네.

池臺納凉

南州炎熱苦、獨此占凉秋。
風動臺邊竹、池分石上流。

넓은 바위에 누워서 달을 보다

푸른 하늘 달 아래 나와서 누우니
넓은 바위가 돗자리 대신 펼쳐졌네.
긴 숲에 맑은 그림자가 흩날려
밤 깊어도 잠이 잘 오질 않네.

廣石臥月

露臥靑天月、端將石作筵。
長林散淸影、深夜未能眠。

◇ 소쇄원은 창평현 남쪽 10리에 있다. (원주)

1 매화는 차가워도 빼어나고, 대나무는 여위어도 오래 살며, 돌은 추해도 문기(文氣)가 있으니, 이들이 바로 삼익(三益)의 친구가 된다. – 소동파 「찬문여가매석죽(贊文與可梅石竹)」

담장을 뚫고 물이 흐르다

한 걸음 한 걸음 물 따라 가면서
시 읊노라니 생각이 더욱 그윽하네.
참 근원을 사람들은 거슬러가지 못하고
담장 구멍 뚫고 흐르는 시냇물만 바라보네.

垣竅透流

步步看波去、行吟思轉幽。
眞源人未泝、空見透墻流。

겨울 눈 속에 담장 뚫고 물이 흐른다.

버들 시냇가에서 손님을 맞다

손님이 찾아와서 대사립문 두들기자

두어 마디 소리에 낮잠을 깼네.

관 쓰고 나가서 늦게 나왔다 사과하려니

손님은 말 매고 시냇가에 서 있구나.

柳汀迎客

有客來敲竹、數聲驚晝眠。
扶冠謝不及、繫馬立汀邊。

햇볕 드는 단의 겨울 낮

단 앞에는 시냇물이 아직 얼었는데

단 위에는 눈이 모두 녹았네.

팔 베고 햇살을 받노라니

닭 울음소리가 한낮 다리에 들리네.

陽壇冬午[2]

壇前溪尙凍、壇上雪全消。
枕臂迎陽景、鷄聲到午橋。

---

2 애양단 구역은 이 (소쇄원) 원림(園林)의 입구임과 동시에, 계류 쪽의 자연과 첨경(添景) 시설을 감상하면서 산책을 즐길 수 있는 공간이다. 애양단(愛陽壇)이란 김인후가 지은 「소쇄원 사십팔경」 가운데 있는 「양단동오(陽壇冬午)」라는 시제를 따서 송시열이 붙인 이름이다. 왕대나무 숲속에 뚫린 오솔길을 따라서 올라오면, 입구 왼편 계류 쪽에 약 18m 간격을 두고 두 개의 방지(方

눈 덮힌 담장 아래 햇볕 잘 드는 애양단 글씨에는 눈이 녹았다.

池)가 만들어져 있고, 과거에는 물레방아가 돌고 있었다. 이것은 장식용으로 오곡문 옆 계곡물이 홈대를 타고 내려와 위쪽 못을 채우고, 그 넘친 물이 도랑을 타고 내려와 물레방아를 돌리게 되어 있어, 이것이 돌 때 물방울을 튀기며 폭포가 되어 떨어지는 물의 약동을 건너편 광풍각에서 감상하도록 설계된 것이다. –『한국민족문화대백과사전』 6「담양 소쇄원」

이일재에게 받들어 부치다
奉寄李一齋

1.

태산[1]에는 인의의 늙은이가 있고

장성에는 만 리의[2] 늙은이가 있어,

하늘과 땅은 취한 속에 포함되었고

해와 달은 술병[3] 속에 지나가누나.

泰山仁義叟、長城萬里翁。
乾坤涵醉裡、日月度壺中。

◇ (일재의 이름은) 항(恒)이다. (원주)

이항(李恒, 1499~1576)의 자는 항지(恒之)이다. 30세에 큰아버지에게 깨우침을 받아 스스로 학문을 시작하였다. 주자가 지은 「백록동(白鹿洞) 강규(講規)」를 읽고 분발하여, 도봉산 명월암에서 몇 년 동안 독학하여 크게 깨달았다. 태인으로 돌아가 농사지으며 어머니를 봉양하였다. 기대승·김인후·노수신 등과 교유하며, 이(理)와 기(氣), 태극과 음양이 일체라는 학설을 주장하여 퇴계에게 비판받았다. 이조판서에 추증되었으며, 태인 남고서원에 제향되었다. 『일재집』이 전한다.

1 일재가 살던 전라도 태인현의 옛 이름이 태산이다.

2 중국에 있는 태산과 대를 이루기 위해, 하서의 고향 장성을 "만리장성"으로 받았다.

5.

경(敬)이 서면 모든 사(邪)가 물러가고

지(知)가 참되면 온갖 이치가 갖추어지네.

책 한 질로 마음을 보존하고

술 석 잔으로[4] 기운을 기르네.

其五

敬立羣邪去、知眞萬理該。

存心書一帙、養氣酒三盃。

---

3 시존(施存)은 노나라 사람인데, 대단(大丹)의 도를 배웠다. 언제나 닷 되들이 술병 하나를 들고 다녔는데, 그 술병이 천지로 변했으며, 그 속에 해와 달이 있었다. 밤이 되면 그 속에 들어가 묵으며 스스로 호천(壺天)이라 불렀다. 호중천지(壺中天地)라고도 했으니, 술병 속에 별다른 천지가 있다는 뜻이다. 사람들이 그를 호공(壺公)이라고 불렀다. 『운급칠첨(雲笈七籤)』에 나오는 이야기이다.

4 주희(朱熹)의 「취하여 축융봉을 내려오며 짓다[醉下祝融峯作]」에서 “내 만리에 장풍을 타고 오니, 절벽과 층운에 가슴이 트이네. 막걸리 석 잔에 호기로운 흥이 일어, 낭랑히 시 읊으며 축융봉을 내려오네.[我來萬里駕長風 絶壑層雲許盪胸 濁酒三盃豪興發 朗吟飛下祝融峯]”라고 하였다. 술 석 잔은 알맞게 주흥이 오르는 주량을 가리킨다.

노달부에게 지어 주다
贈盧達夫

1.

천년을 전해 내려온 성인의 교훈
배우고도 행하지 못해 부끄러워라.
행단이[1] 이제는 적막해졌으니
안자(顔子)와 증자(曾子)가 어디 있으랴.

聖訓傳千古、慙吾學未能。
杏壇今寂寞、何地有顔曾。

2.

병든 나는 이에 대해서 아는 것이 없건만
그대는 의심나는 것을 물으려 하네.
은근히 일부러 찾아왔건만
한번 웃을 수밖에, 이밖에 무엇을 하랴.

其二

病我此無知、夫君欲質疑。
殷勤故來訪、一笑更何爲。

정선 행단고슬(杏壇鼓瑟). 왜관수도원

◇ (노달부의 이름은) 적(適)이다. (원주)

1 공자가 우거진 숲속을 가다가, 은행나무가 있는 평탄한 곳[杏壇]에 앉아 쉬었다. 제자들은 책을 읽고, 공자는 노래를 부르며 거문고를 타고 있었다. –『장자』「어부」

면앙정 삼십영
俛仰亭三十詠

용진산의 기이한 봉우리

방 하나가 두 봉우리의[1] 북쪽이라서
아침저녁으로 빼어난 경치를 보네.
서쪽에서 바라보면 더 기이하니
땅 형세 기운 것이 오히려 어여쁘라.

湧珍奇峰

一室雙尖北、晨昏見秀色。
亭西望愈奇、地勢還憐側。

◇ 정자는 담양부(潭陽府) 남쪽 10리에 있다. 정자 주인 송신평(宋新平)이 늙어 물러난 뒤에 이 정자에 머물러 쉬었다. (원주)

송신평의 이름은 순(純, 1493~1582)인데, 호는 기촌(企村), 또는 면앙정(俛仰亭)이다. 관향이 충청도 신평이었으므로, 신평선생이라고도 불렀다. 1519년 문과에 급제하였다. 나주목사와 전주부윤을 거쳐 이조판서에 오른 뒤 기로소(耆老所)에 들어갔으며, 90세까지 장수하였다. 가사 「면앙정가」와 문집 『면앙집』이 전한다.

1533년에 김안로가 집권하자, 고향 담양으로 돌아와 제월봉 아래 면앙정을 지었다. 1552년에 선산부사가 되면서 면앙정을 중축하자, 기대승이 기(記)를 짓고, 임제가 부(賦)를 지었으며, 김인후·임억령·박순·고경명 등이 시를 지었다.

추월산의 푸른 벼랑

추월(秋月)이란 산 이름도 좋은데다
깎아지른 푸른 벼랑이 사면을 에워쌌네.
시냇가 구름 부질없이 일지 말게나.
밤마다 맑은 빛이 푸른 벼랑을 감아 돈다네.

秋月翠壁

秋月山名好、蒼蒼削四圍。
溪雲莫謾起、夜夜輾淸輝。

금성산성의 옛자취

어느 해에 험한 산성을 거듭 쌓았나.[2]
바위 골짜기는 아득히 말이 없구나.
지난 일은 늙은이들에게나 전해지고
맑은 시내는 아홉 샘물을 보내는구나.[3]

金城古迹

何年重設險、巖谷但蒼然。
往事傳遺老、淸溪送九泉。

---

1 용진산에 두 봉우리가 솟았으므로 쌍첨(雙尖)이라고 하였다.

2 땅이 험한 곳은 산천과 구릉(丘陵)인데, 왕공이 더욱 험하게 만들어[設險] 그 나라를 지킨다. –『역』「감괘(坎卦)」

산성의 아침 나발소리

잠에서 깨자 창가에 동트려 하는데
성 머리에선 나발 소리가 들려오네.
원님이 일찍부터 정사를 보니
마을 사람들이 웃으며 기뻐들 하네.

山城早角

睡覺窓纔曙、城頭畵角聞。
使君衙趁早、田里笑云云。

송순이 세운 면앙정. [무등산생태박물관 사진]

3 금성산 고성(古城)은 돌로 쌓았는데, 둘레가 1,800자이다. 안에는 시내가 하나 있고, 샘이 아홉 군데 있다. –『신증 동국여지승람』 제39권 「담양도호부」 고적조

어버이의 병을 수발하면서
侍病

자식이 병나면 어버이가 염려하건만
어버이 병드시면 자식이 어찌하나.
반 달이 지나도록 효험 없으니
내 죄가 많아서 이러는 게지.

子疾親常念、親痾子奈何。
沉綿過半月、我罪亦云多。

아들 호아에게

與虎兒

1.

천금보다도 중한 네 몸을 사랑하거라.

망녕된 생각일랑 부디 말아라.

대학 소학에 마음을 두어야 하니

이게 바로 성역의 뿌리와 터전이란다.

愛爾千金重、丁寧莫妄思。
游心大小學、聖域是根基。

2.

『대학』에 공부가 들어 있으니

남아가 이밖에 무얼 구하랴.

사장(詞章)은 오래 가지 못하는 거니

고운 꽃은 가을 앞서 시드는 법이란다.

其二

大學工夫在、男兒莫外求。
詞章非久遠、灼灼忌先秋。

◇ 호아(虎兒)는 하서의 둘째아들인 종호(宗虎)를 어렸을 적에 부르던 이름이다.

술에 취하여 호아에게 지어 주다
醉與虎兒

학문을 심어서 농사로 삼는다면
때 맞춰 호미질하고 흙도 덮어 주어야지.
가을 돌아와 벼이삭이 익지 않으면
서리 내린 뒤 노상 주려 탄식하느니라.

種學爲資地、鋤耰將及時。
天秋稼不熟、霜落恨長飢。

각설이타령을 듣고서 탄식하다
丐歌嘆

눈이 석 자나 가득 쌓였는데
새벽부터 거지의 각설이타령이 들리네.
들어보니 유난히 귀에 측은하건만
이미 가버린 것을 한탄하면 무얼 하나.

積雪盈三尺、淸晨有丐歌。
聞來偏惻耳、旣去恨如何。

경범에게 읊어서 보여주고 화답을 재촉하다
吟示景范催和

뜻에 화답하면 되지 운을 반드시 따라야 하랴.[1]
시를 보면 성정이 들어 있는 법이라네.
시(詩) 서(書)를 주고받는 그 자리에서
옛사람의 정감을 엿볼 수 있네.

和意寧須韻、觀詩在性情。
詩書賡答處、可見古人情。

◇ 경범은 하서의 제자이자 사위인 조희문(趙希文, 1527~1578)의 자이다. 조희문의 호는 월계(月溪)로, 장흥부사와 홍문관 교리를 역임하였다. 하서가 세상을 떠난 뒤에 유고를 8년 동안 수집하여 문집을 간행하였다.

1 하서는 한시의 운률에도 익숙하였지만, 이 시에서는 일부러 제2구와 제4구에 같은 운자 '정(情)'자를 써서 운을 따르지 않았다.

변여윤에게 지어 주다
贈卞汝潤

술은 깊은 병으로 취해야 하고
시는 얕은 흥으로 읊는 게 아닐세.
처마 밖의 빗소리 등꽃불 아래[1]
그대와 함께 한때의 회포를 푸네.

酒以深壺醉、詩非淺興吟。
燈花簷外雨、與子一時心。

◇ (여윤의 이름은) 성온(成溫)이고, 호는 호암(壺巖)이다. (원주)
변성온도 하서의 제자로, 자는 여윤(汝潤), 호는 호암(壺巖)이다.

1 맑은 밤 깊어가는데 봄 술잔 주고받노라니
등불 앞에 가랑비 소리 처마 밖에 꽃 떨어지네.
淸夜沈沈動春酌, 燈前細雨簷花落. –「취시가(醉時歌)」
당나라 시인 두보가 정광문(鄭光文)에게 읊어준 시이다.

아들에게 훈계하다
戒子

충효를 가업으로 전해 왔으니
아들 손자 제각기 조심해야지.[1]
정녕 말하고 행동하는 그 가운데
사랑과 공경이 바로 양능이니라.[2]

忠孝傳家業、兒孫各戰兢。
丁寧言行上、愛敬是良能。

---

1 두려워하고 조심해야지.
깊은 못에 임하듯 하고
엷은 얼음판 밟고 가듯해야지.
戰戰兢兢, 如臨深淵, 如履薄氷. –『시경』 소아 「소민(小旻)」

2 사람은 배우지 않고도 잘하는 능력이 있으니, 그것이 바로 타고난 양능(良能)이다. 또 생각하지 않고도 잘 아는 힘이 있으니, 그것이 바로 타고난 양지(良知)이다.
어린 아기 때에는 누구나 자기 어버이를 사랑할 줄 알고, 자라나서는 자기 형을 공경할 줄 안다. 어버이를 어버이로 받드는 것이 인(仁)이고, 나이 많은 이를 공경하는 것이 의(義)이다. 인의(仁義)란 별다른 것이 아니다. 바로 그런 마음을 온 천하에 넓혀 나가는 것이다. –『맹자』 「진심(盡心)」 상

병 앓던 끝에 회포를 쓰다
病餘書懷

병이 심하단 소식 멀리서 듣고
내가 이미 죽었다 여겼을 테지.
상심하신 부모님 너무 슬프고
눈물 가리는 처자들 너무 가엽네.

天涯聞病急、謂我應已死。
傷情悲兩親、掩淚憐妻子。

유씨에게 시집간 딸에게 지어 주다
與柳氏女

내 친구는 북방에 귀양 가 있고

네 지아비도 만 리를 따라갔구나.

가을바람에 시름겨운 생각 그지없는데

들국화가 술잔 속에 떠 있구나.

我友在朔方、汝夫隨萬里。
秋風意無窮、野菊盃觴裡。

◇ 하서의 셋째 딸이 미암(眉巖) 유희춘(柳希春, 1513~1577)의 아들인 유경렴(柳景濂)에게 시집갔다. "내 친구"는 당시 함경도 종성에 귀양 가 있던 유희춘이다.

아내에게 지어 주다

贈內

세군이[1] 국화꽃을 따 가지고 와

이 늙은이 오래 살라고 술을 만들어 주었네.

동창에 가을 해가 비추기에

취한 뒤에 미친 듯이 시를 읊조리네.

細君採菊來、以爲山翁壽。
東牕暎秋暉、狂詩吟醉後。

---

1 한나라 동방삭(東方朔)의 아내 이름이 세군(細君)이었는데, 그 뒤에 자기 아내라는 뜻으로 많이 썼다.
하서의 아내는 여흥윤씨로 하서가 14세 되던 1523년에 혼인하였는데, 현감 윤임형(尹任衡)의 딸이다.

칠언절구

권6 · 권7

하서의 학설을 도형으로 요약한 「천명도(天命圖)」 [하서학술재단 사진]

하늘을 읊다

詠天

형태가 둥글며 아주 큰데다 아득하게 가뭇해
넓고도 텅 비어 땅 가를 둘렀네.
덮여 있는 가운데 만물을 감쌌건만
기나라 사람은 무슨 일로[1] 무너질까 걱정했나.

形圓至大又窮玄。浩浩空空繞地邊。
覆幬中間容萬物、杞人何爲恐頹連。

◇ 여섯 살 때에 지었다. (원주)

◇ (중종대왕) 10년 을해(1515년) 선생 6세
봄에 어떤 손님이 선생을 불러 앉히고, 하늘 천(天) 자로 글 제목을 삼아 시를 지어보라고 하였다. 선생이 운(韻)을 청하고는, 운자가 떨어지자마자 시를 읊었다. (위의 시가 실렸음) 사람들이 모두 놀라며 기이하게 여겼다. –『하서집』 부록 권3 「연보」

1 (爲 자가) 사(事) 자로 된 곳도 있다. (원주)
기(杞)나라의 어떤 사람이 하늘이 무너지고 땅이 꺼지면 몸 붙일 곳이 없을까 봐 걱정되어, 먹고 자는 것을 다 잊었다. –『열자』

경응이 시를 지었기에 화답하다
敬應有詩和之

만 리 하늘가로 기러기는 돌아가는데
먼 길 나그네는 다북쑥처럼 의지할 곳이 없어졌네.
고향 동산의 꽃과 새들은 지금 어떻게 되었는지
흰 옷 검게 물들이는 서울 먼지를 정말 못 참겠네.

萬里天涯鴈北歸。飄蓬遠客絶因依。
故山花鳥今何許、不耐京塵染素衣。

함께 공부하던 친구들에게 시를 지어 부치며 화답하기를 재촉하다

寄接中催和

여러분네들 저마다 제 뜻을 말해 보소.

뜻을 꼭 보여야지, 운자 따라 답해서야.

자로는 과하고[1] 증점은 미친데다[2] 안회는 자랑치 않았으니[3]

어짊을 도울[4] 말 한마디를 아낌없이 던져 주시게.

諸君亦各言其志、和意寧須逐韻酬。
由果點狂顔不伐、輔仁無惜片言投。

◇ 함께 모여서 글공부하던 사람들을 서로 "접(接)"이라고 불렀다.

1 중유(仲由)는 과감하고 결단력이 있으니, 그에게 정사를 맡긴다면 무슨 어려움이 있겠느냐? –『논어』「옹야(雍也)」

원문의 유(由)는 공자의 제자인 자로(子路)의 이름이다.

2 공자께서 이렇게 말씀하셨다.

"도를 바르게 지킬 사람을 얻지 못할 바에야, 차라리 광견(狂狷)한 자를 택하겠다. 광자(狂者)는 진취적이고, 견자(狷者)는 부끄러운 짓을 안 하기 때문이다." 공자께서 어찌 도를 바르게 지킬 사람을 바라지 않으셨겠느냐? 꼭 그런 사람을 얻을 수가 없었기에, 그 다음가는 사람이라도 생각하셨던 것이다. (줄임) 금장(琴張)·증석(曾晳)·목피(牧皮) 같은 사람들이 바로 공자께서 말씀하신 광자(狂者)들이다. –『맹자』「진심(盡心)」하

원문의 점(點)은 공자의 제자인 증점(曾點)인데, 흔히 증자(曾子)라고 불리는 증삼(曾參)의 아버지이다.

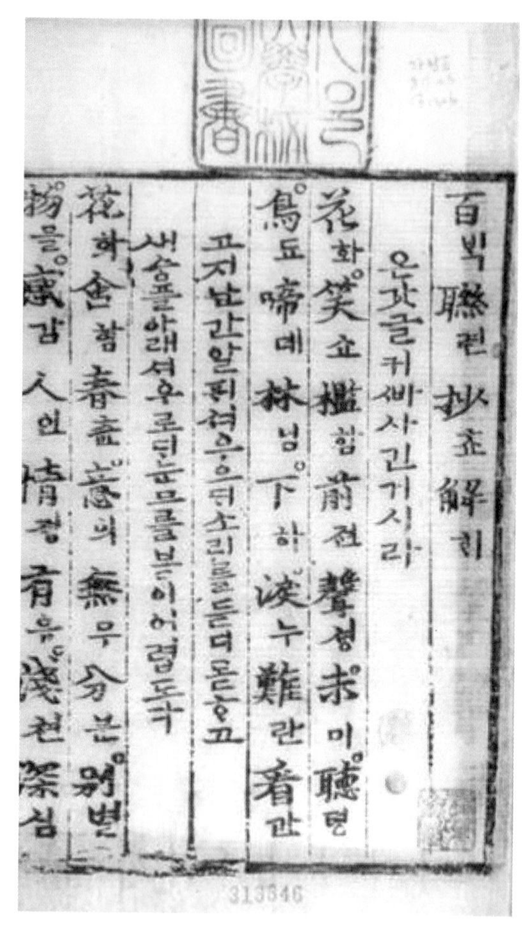
百빅聯련抄쵸解히

온갓글귀ᄲᅢ사긘거시라

花화笑쇼檻함前젼聲셩未미聽텽

鳥됴啼뎨林님下하淚누難란看간

곳지난간알ᄑᆡ셔우ᅀᅮ되소리를듣디몯ᄒᆞ고

새숩플아래셔우로ᄃᆡ눈므를보이어렵도다

花화含함春츈意의無무分분別별

物믈感감人인情졍有유淺쳔深심

김인후가 서당 교재로 편찬한 『백련초해』

---

3 안연(顔淵)이 말했다.
"제가 잘한 것을 드러내지 않고, 제 자신의 공로를 과장하지 않으려고 합니다." – 『논어』 「공야장(公冶長)」

4 증자가 말했다.
"군자는 문장과 학문으로 벗을 모으고[以文會友], 벗으로 자신의 어진 덕을 돕는다[以友輔仁]." – 『논어』 「안연」

가느다란 대나무
苦竹

가느다란 대나무가 바람과 연기에 싸였네.
어느 날에야 구름 뚫고 푸른 하늘을 쓸려나.
짧은 잎사귀가 봄을 감추고 모래밭에 돋아나니
비 내리는 흙담장에 가벼운 가지 한들거리네.

蕭蕭苦竹帶風烟。何日穿雲掃碧天。
短葉藏春沙砌上、輕枝弄雨土墻邊。

◇ 원문에는 제목에 고죽(古竹)으로 되어 있지만, 문맥상 고죽(苦竹)으로 고쳤다. 첫 구절에도 고죽(苦竹)으로 되어 있다.

덕무의 시에 차운하다
次德茂韻

2.

고요하면 주염계의 「태극도」를 즐겨 보고
한가하면 소강절의 「어초문대(漁樵問對)」를 찾아보네.
천지가 생생하는 뜻을 모름지기 알지니
한겨울에 온갖 나무가 시드는 것을 막을 수 없네.

其二

靜愛周翁圖太極、閒尋邵子問漁樵。
須知天地生生意、不廢窮冬萬木凋。

서재의 여러 선비들 시에 차운하다
和西齋諸上舍韻

1.

시서를 다 배워도 지혜는 더욱 궁해져
풍광이 날 고달프게 하니 시 읊느라 괴롭네.
허리에 찬 보검은 시퍼렇게 날이 서고
때때로 칼집 속에서 늙은 용이 울부짖네.

學盡詩書智益窮。風光惱我苦吟中。
腰間寶劍淸霜刃、匣裏時時泣老龍。

2.

주공은 부귀하고 공자 안회는 궁했으니
은총과 치욕을 마음속에서 모두 잊었네.
기이하고 경치 뛰어난 곳에 찾아가
새벽에 일어나 동트는 창가에서 단룡차나[1] 달이려네.

其二

周公富貴孔顔窮。寵辱都忘方寸中。
可是江山奇絶處、曉牕晨起煮團龍。

서재는 성균관의 상급생들이 거주하는 기숙사이다.

---

1 건주에서 해마다 대룡봉단차(大龍鳳團茶)를 바쳤는데, 인종 때에 채군모가 차 가운데 가장 좋은 것으로 골라서 소룡단(小龍團) 10근을 바쳤다. -『석림연어(石林燕語)』

시의 운을 맞추기 위해서 용단(龍團)을 거꾸로 썼다.

상사 장응두의 시에 화운하다

和張上舍應斗韻

술을[1] 삼가라고 부모님께서 경계하셨건만

날마다 질탕하게 잔을 엎지 못했네.

오늘밤 촛불 잡고서[2] 먼 길 보내는 마당에

헤어지는 시름을 무엇으로 달래려나.

雙親戒我愼甁罍。跌宕因循未覆杯。

秉燭今宵前路永、悠悠何以慰離懷。

◇ (장상사의 이름은) 응두(應斗)이다. (원주)

1 병(甁)은 작은 물병이고, 뇌(罍)는 큰 항아리이다. 이 시에서는 병과 뇌를 술병이라는 뜻으로 썼다.

2 옛사람들이 촛불을 잡고서 밤새 놀았던 것도 참으로 까닭이 있었다[古人秉燭夜遊, 良有以也.] – 이백(李白) 「춘야연도리원서(春夜宴桃李園序)」
이 시에서는 석별의 술자리를 밤새 즐긴다는 뜻으로 썼다.

서경덕이 눈을 읊은 시에 차운하다
次徐可久詠雪韻

천원(川原)은 넓고 넓어 땅이 없는 듯하고
풍일(風日)은 아득해서 하늘이 뵈지 않네.
얼핏 취해 문밖에 나가 시를 읊노라니
반궁[1] 숲 사이에 저녁 빛이 물들었네.

川原浩渺疑無地、風日微茫不見天。
薄醉更成門外詠、暮光偏着泮林邊。

◇ (가구는) 경덕(敬德)의 (자이고) 호는 화담(花潭)이다. (원주)

1 주나라 제후의 국학(國學)을 반궁이라고 하였다. 천자의 벽옹(辟雍)은 사면이 물로 둘러싸였는데, 제후의 국학은 동문과 서문 사이 남쪽만 물로 에워싸고, 북쪽은 담으로 쌓았으므로 반궁(泮宮)이라고 한 것이다. 조선시대의 국학인 성균관을 흔히 반궁이라고 하였다.

경임에게 지어 주다
與景任

서릿바람 스치니 새벽이 차갑구나.

북두칠성 가물거리고 술도 이미 깨었네.

용천검[1] 차고서 두어 가락 노래하건만

선비의 쓰라린 신세를 그 누가 알랴.

霜風輕動四更寒。星斗蒼茫酒已闌。
宛轉龍泉歌數闋、不知身世慣儒酸。

◇ 의경(宜卿)이 노래를 부르기에 그 이야기를 썼다. (원주)

1 진(晉)나라 때 오(吳) 땅에 붉은 기운이 하늘의 우수(牛宿)와 두수(斗宿) 사이로 뻗치는 것을 보고 장화(張華)가 점성가 뇌환(雷煥)을 그곳에 보내어서 춘추시대에 만들어진 보검 용천검(龍泉劍)을 얻었다.

해당화 가지 거미그물에 꽃이 걸렸기에
海棠花枝有蛛網落英留掛因以賦之

구십 일 동풍이 꿈속에 지났는데
해당화 가지에는 연지가 걸려 있네.
거미도 역시 봄빛이 어여쁜 줄 알았는지
가지에다 그물 쳐서 지는 꽃을 붙잡았네.

九十東風夢裡過。臙脂留却海棠窠。
蜘蛛亦解憐春色、遮網枝頭護落花。

◇ 원제목이 길다. 「해당화 가지에 거미그물이 쳐졌는데, 떨어진 꽃이 걸려 있었다. 그래서 시를 짓다.」

새 푸성귀를 이수재에게 보내면서 시를 짓다
致新蔬於李秀才因有詩

뒷동산 푸성귀가[1] 봄 늦게 돋아나
이슬에 젖은 것을 조금 따서 보내네.
예부터 들사람 마음이 이러했으니
미나리 바친 이를 그대는 웃지 마소.[2]

山園木末晩迴春。小摘傾筐浥露新。
從古野情元自爾、願君休笑獻芹人。

---

1 목말(木末)은 채소의 속명(俗名)이다. (원주)

2 옛날에 어떤 사람이 들에서 나는 콩과 수삼, 미나리, 개구리밥을 맛있다고 생각하여 마을의 한 부자에게 바쳤다. 그 부자가 그것들을 가져다 맛보니, 입을 쏘고 배를 아프게 했다. 사람들이 모두 웃으며 그를 놀리자, 그 사람이 크게 부끄러워했다. –『열자』 양주(楊朱)」편

장성 가는 길에서 짓다
長城路中作

딸아이가[1] 죽은 지 어느덧 삼 년이라
해를 넘겨 찾아와 보니 비참하기 그지없네.
무덤가의 가벼운 바람이 얼굴을 스치니
아마도 그 정령이 이 가운데 엉겼겠지.

女挐歸骨已三年。隔歲來看一慘然。
塚外輕風吹到面、便應精爽此中邊。

---

1 여나(女挐)는 당나라 문장가 한유(韓愈)의 넷째 딸 이름이다. 한유가 조주자사(潮州刺史)로 좌천되어 갈 때에 여나가 12살이었는데, 도중에 병으로 죽었다. 그래서 층봉역 산 밑에 임시로 초빈해 두고 길을 떠났다. 그 뒤에 사면받고 조정으로 돌아오게 되자, 그 딸의 무덤에 들려서 시를 지었다.

> 두어 가닥 등넝쿨로 목피관을 꽁꽁 묶어
> 황량한 산에 초빈했으니 백골이 춥겠구나.
> 너를 죽게 한 것도 내 죄 때문이니
> 백년 동안이나 가슴이 아퍼 눈물이 줄줄 흐르는구나.
>
> –「애녀시(哀女詩)」

하서의 죽은 딸도 한유의 딸처럼 넷째였기에, 이 시에서 한유 딸의 이름을 가져다 쓴 것이다.

접중에 보이며 화답을 요구하다
示接中要和

공자님의 제자가 삼천이나 되는데
우리들이 웬 복으로 문장을[1] 바라보나.
한 잔 술에 취해서 몽롱하게 앉았노라니
도덕의 장에 모인 그대들에게 부끄럽구나.

孔氏三千弟子行。吾徒何幸望門墻。
昏冥竟坐杯中病、慙愧諸君道德場。

---

1 집의 담장[墻]으로 비유하자면 나의 담은 어깨 높이쯤 되어 집 안에 있는 좋은 것들을 누구라도 엿볼 수 있으려니와, 우리 선생님의 담은 몇 길이나 되어 대문[門]으로 들어가지 않고서는 그 종묘의 웅장함과 다양한 건물들을 다 볼 수가 없다. –『논어』「자장(子張)」

부름에 응하여 동궁께서 그리신 대나무 그림에 쓰다
應製題睿畫墨竹

뿌리 가지 마디 잎새가 모두 다 살아 있는데
굳센 돌이 친구처럼 둘레에 널려 있네.
성스러운 임금께서 조화를 짝하셨으니
천지와 함께 뭉쳐 어김이 없으시리.

根枝節葉盡精微。石友精神在範圍。
始覺聖神侔造化、一團天地不能違。

◇ 계묘년(1543)에 지었다. (원주)

◇ (중종대왕) 38년 계묘(1543년) 선생 34세

4월에 홍문관 박사 겸 세자시강원(世子侍講院) 설서(說書)로 승진하였다.
춘궁(春宮)이 몸소 그려서 내려보낸 묵죽도(墨竹圖)를 받았다.
춘궁은 본래 예술에 소질이 있었지만, 남에게 나타내 보인 적은 없었다. 그런데 유독 선생에게는 몸소 그린 묵죽도 한 본을 하사하여 뜻을 비치고, 선생에게 명하여 화축(畵軸)에다 시를 지어 쓰도록 하였다. 그래서 선생이 이렇게 시를 지었다. (위의 시가 실렸음) –『하서집』 부록 권3 「연보」
이때의 춘궁이 바로 뒷날의 인종(仁宗)이다.

동궁이 스승 하서에게 그려준 묵죽도.
왼쪽 아래에 하서가 지은 칠언절구가 함께 목판에 새겨져 있다.

칠월 십구일 옥당에 입직하여 짓다
七月十九日直玉堂作

이날이 되어 부모님을[1] 생각하니
아침부터 저녁까지 갑절이나 그리워라.
마을 아이가 만 리에서[2] 편지를 가져 왔기에
허둥지둥 펼쳐보고는 눈물이 옷을 적셨네.

言念劬勞在此辰。晨興達夕倍思親。
村童萬里將書至、顚倒披緘淚滿巾。

---

1 커다랗게 자란 저게 새발쑥인가
새발쑥이 아니라 다북쑥이네.
슬프고 슬프구나 부모님께서
나를 낳아 기르시느라 고생하셨네.
蓼蓼者莪, 匪莪伊蒿.
哀哀父母, 生我劬勞. –『시경』 소아 「육아(蓼莪)」
구로(劬勞)라는 단어는 『시경』에서 나왔는데, 부모를 그리워하는 뜻으로 많이 쓴다.

2 만 리는 멀다는 뜻도 있지만, "만리장성"에서 따다가 고향 장성(長城)을 뜻하는 말로 썼다. 이날이 바로 하서의 생일이기에, 고향에서 편지를 보내왔다. 생일 축하편지를 받고서, 자신을 낳아준 어버이를 그리워하며 이 시를 지은 것이다.

또 시를 지었기에 다시 화답하다
又有詩再和

장자와 노자를 배척하고 신불해와 한비자까지[1] 부쉈으니
원생의 마간[2] 쯤이야 헤아릴 것도 없네.
유가(儒家)의 명교(名敎) 사실을 반드시 알아야 하니
수사(洙泗)의[3] 물결이 이미 차가워졌다고 말하지 마소.

曾排莊老破申韓。不數轅生食馬肝。
須識儒家名教事、莫言洙泗已波寒。

◇ 이 시 앞에 「여성이 시를 지었기에 또 화답하다(礪城有詩且和)」라는 시가 실려 있다. 여성위는 송인(宋寅, 1516-1584)인데, 자는 명중(明仲)이고 호는 이암(頤庵)이다. 영의정 송질(宋軼)의 손자인데, 중종의 셋째 딸인 정순옹주와 결혼하여 여성위가 되었다. 송인이 지어 준 시에 같은 운으로 화답한 것이다.

1 원문의 신한(申韓)은 신불해(申不害)와 한비(韓非)를 가리키는데, 형명(刑名) 법가(法家)의 학문을 주로 삼은 학자들이다.

2 원고생(轅固生)은 제나라 사람이다. 시를 전공하여, 효경제(孝景帝) 때에 박사가 되었다. 황생(黃生)과 더불어 경제 앞에서 논쟁을 벌였는데, 황생이 "탕왕과 무왕은 천명을 받은 것이 아니라, (자기 임금을) 시(弑)한 것이다." 라고 하였다. 그러자 원고생이
"그렇지 않다. 걸(桀)과 주(紂)가 포학하여 천하의 민심이 다 탕과 무에게 돌아오자, 탕과 무가 천하 민심에 순응하여 걸과 주를 베었다. 그러니 천명을 받은 것이 아니라 무엇인가?"
라고 하였다. 다시 황생이
"관(冠)이 아무리 헐어도 반드시 머리에 얹고, 신은 아무리 새것이라도 반드시 발에 신는다. 왜냐하면 상하의 분수가 있기 때문이다. 걸과 주가 비록 왕도를 잃었지만 군상(君上)이고, 탕과 무는 비록 성인이지만 신하(臣下)이다."
라고 했다. 그러자 경제가 이렇게 말했다.
"고기를 먹는 데 있어서 말의 간[馬肝]을 먹지 않아도 맛을 모른다 하지 않고, 학문을 말하는 자가 탕왕과 무왕이 천명 받은 것을 말하지 않아도 어리석음이 되지 않는다." -『사기』 권61「유림열전(儒林列傳)」

3 수수(洙水)와 사수(泗水)는 산동성에 있는 강 이름인데, 공자가 이 언저리에서 제자들을 가르쳤다.

김회숙에게 지어 주다
贈金晦叔

솔바람 소리가 눈 쌓인 창가에 거문고 소리로 들어오고
피리 소리 한 가락이 만고의 마음을 전해주네.
실컷 마셔 취했느냐고 그대여 묻지 마시게.
서산을 넘어가는 저 해나 바라보시게.

松風吹入雪牕琴。一笛能傳萬古心。
醉裏深盃君莫問、坐看西日隱靑岑。

◇ (회숙의 이름은) 계(啓)이고, 호는 운강(雲江)이다. (원주)

십일월 십오일 새벽에 설위하고 중종의 복을 벗다
十一月十五日曉爲位釋中廟服

1.

만 리 밖 원릉에는 흰 이슬이 내릴 테지.

석 달 가을소식을 국화 바람이 전해주네.

천지의 초목들이 어찌 다 추워 죽으랴[1]

한 양기 나는 곳에 봄기운이 감도네.[2]

萬里園陵白露中。三秋消息菊花風。
天地未應全肅殺、一陽生處坐春融。

---

1 숙살(肅殺)은 가을의 싸늘한 날씨가 초목을 시들고 마르게 하는 것이다. 쌀쌀한 가을 기운을 숙살지기(肅殺之氣)라고 한다.

2 홀수는 양(陽)이고, 짝수는 음(陰)이다. 음력 10월에 한 해의 음(陰)이 다하고, 11월 동지에 1양(陽)이 생긴다고 하였다. 한겨울에 봄기운이 시작된다는 뜻이다. 이날이 바로 동짓날이다.

2.

문왕의 신이 오르내리며 상제 함께 임하시네.[3]
소리와 냄새 아득하니 찾아볼 수가 없네.[4]
우리나라 만만세에 복을 정해 주셨으니,
따뜻한 바람이 예로부터 방림에 떨쳤네.

其二

文王陟降帝同臨。聲臭茫茫不可尋。
定作吾東萬世福、惠風終古振芳林。

---

3 문왕께서 위에 계시어
아아! 하늘에 빛나시니,
주나라가 비록 오래된 나라지만
그 받은 천명은 새롭기만 해라.
주나라 임금들께서 매우 밝으시니
하늘의 명이 바르게 내리셨네.
문왕께서 하늘과 땅을 오르내리시며
상제의 곁을 떠나지 않으시네.
文王在上, 於昭于天.
周雖舊邦, 其命維新.
有周不顯, 帝命不時.
文王陟降, 在帝左右. -『시경』 대아 「문왕」

하서가 중종을 주나라 문왕에 비유하였다.

4 하늘이 하시는 일은 소리도 없고 냄새도 없으니
문왕을 본받으면 온 세상이 믿게 되리라.
上天之載, 無聲無臭.
儀刑文王, 萬邦作孚. - 같은 시.

『시경』 주에 "재(載)는 사(事)의 뜻이다."라고 하였다.

동짓날 경범에게 지어 보이다
至日示景范

횡거의 팥죽을 한 그릇 먹었더니[1]
따습고 배부르네. 무엇을 더 바라랴.
모름지기 알지니, 일양(一陽)이 갓 생동하면[2]
관문 닫고 재계하며 공을 더해야 한다네.[3]

橫渠豆粥土床中。溫飽閒餘萬事空。
須識一陽初動處、閉關齋潔益加功。

---

1 공공씨(共工氏)에게 못난 아들이 있어, 동짓날 죽어서 역귀(疫鬼)가 되었다. 그가 붉은 팥을 두려워했으므로, 동짓날에는 팥죽을 만들어 귀신을 물리쳤다. –『형초세시기(荊楚歲時記)』
송나라 유학자 장재(張載)를 횡거선생(橫渠先生)이라 불렀는데, 그가 「동짓날 팥죽(至日豆粥)」이라는 시를 지었기에 "횡거의 팥죽"이라고 표현하였다.

2 10월에는 음기가 성해 극에 달했다가, 동지가 되면 양(陽)이 땅속에서 다시 생긴다. –『역(易)』

3 이달에는 재계하여 몸을 가리고서, 음양이 정해지기를 기다려야 한다. –『예기』「월령」

우연히 읊어 두 사위에게 보이다

偶吟示兩甥

과거시험장에 매달려 득실에만 마음 쏟고

녹봉과 벼슬 사이에 높고 낮음만 헤아리는구나.

도의는 가볍게 여기고 공리만 중해지니

누가 이윤의[1] 뜻을 품고 누가 안회의 학문을 지녔는지.

關心得失科場裏、計較崇庳祿秩間。
道義漸輕功利重、志誰伊尹學誰顏。

◇ 이 시에서 가리킨 하서의 두 사위는 그에게서 글을 배운 조희문(趙希文)과 양자징(梁子澂)이다. 이들이 나중에 하서의 문집을 편집하였다.

1 이윤은 은나라 탕왕(湯王)의 재상인데, 탕왕을 도와서 폭군 걸(桀)을 치고 천자가 되게 하였다.

취한 뒤에 읊다
醉後吟

담 밑의 국화 늙어서 누구보다도 가련한데
해 저물고 술항아리 빈 데다 날마저 추워졌네.
동쪽 이웃에 달려가서 말술을 개봉하니
옆사람들은 나를 보며 술 취한 미치광이라고 하겠군.

墻頭菊老最堪嘆。日暮樽空天氣寒。
走向東隣開斗酒、傍人合作醉狂看。

소자들에게 보이다
示小子

공자님의 『논어』를[1] 아이들에게 이르노니
성인 문하에 들려면 이 책이 지름길일세.
구절 구절을 마음 깊이 새기면
선을 밝혀 본성 찾기가 무엇이 어려우랴.

說與兒童魯叟書。聖門蹊逕此由於。
若將句句存心養、明善何難復我初。

---

1 공자가 노(魯)나라 출신이므로, 노수서(魯叟書)는 공자의 언행을 모은 책인 『논어』를 가리킨다.

우연히 짓다
偶成

저 남산에 올라가서 고사리를 캤네.[1]
미인은 어디 있는지 내 마음 슬프네.
시절 가고 만물도 변해 만날 기약 없으니
금잔에 술 마시며 길이 생각을 않으리라.[2]

陟彼南山采蕨薇。美人何處我心悲。
時移物變無期見、姑酌金罍不永思。

---

1 저 남산에 올라
고사리를 캤네.
당신을 못 보았을 적엔
내 마음 어수선터니,
당신을 보고 나자
당신을 만나고 나자
내 마음 기뻐지네.
陟彼南山, 言采其蕨.
未見君子, 憂心惙惙.
亦既見止, 亦既覯止, 我心則說. –『시경』 소남 「초충(草蟲)」

『시경』의 군자를 하서의 시에서는 미인이라고 바꿨는데, 인종을 가리킨다.

2 저 높은 산에 오르려니
내 말이 지쳐 병들었네.
내 잠시 금잔에 술이라도 따라
길이 그리움을 잊어보리라.
陟彼崔嵬, 我馬虺隤.
我姑酌彼金罍, 維以不永懷. –『시경』 주남 「권이(卷耳)」

어암잡영
魚巖雜詠

1.

임 그리워도 보지 못해 더디 온다 한스럽더니
만나자마자 봄이 벌써 다 지났네.
버들 짙고 꽃도 다 져 산만이 고요한데
동풍만 오히려 정을 다해 불어주네.

思君不見恨來遲。及到相逢春盡時。
柳暗花空山寂寂、東風猶自盡情吹。

3.

몸에 걸친 옷섶에 막걸리 자국이 흥건해
풍광이 날 배불리며 취해서 읊조리게 하네.
흰머리라 거울 자주 보기도 부끄러우니
산다락에 홀로 기대어 잠에서 늦게 일어나네.

其三

濁酒淋漓身上衣。風光饒我醉吟時。
羞將白髮頻看鏡、獨倚山樓睡起遲。

7.

아버님은 내가 모시고 어머님은 처가 모셔
사위에다[1] 딸자식까지 에워싸고 줄을 이뤘네.
고기 잡고 자라 잡아 맛있는 음식 해 바치니
십 리 시냇마을에 연기와 물빛이 푸르구나.

其七

身侍嚴親婦侍孃。甥男女息擁成行。
叉魚擉鼈供滋味、十里溪村煙水蒼。

17.

지난해엔 『초사』로 가슴 가득 한스럽더니
오늘 아침엔 『송사』로 눈물이 옷깃을 가득 적시네.
다른 시대 흥망이 어찌 나와 관계 있으랴만
저절로 서로 느껴져 슬픈 시를 읊조리네.

其十七

楚騷前歲喟憑心。宋史今朝淚滿襟。
異代興亡那繫我、自然相感謾悲吟。

◇ 어암은 바로 점암촌(鮎巖村)이다. 무신년(1548) 봄에 (하서)선생이 양친을 모시고 옥천 점암촌에 머물러 살았다. (원주)

◇ 조생(趙甥)의 시에 차운하다. (원주) 조생은 하서의 사위인 조희문이다.

1 하서가 점암(鮎巖) 위에다 초당을 세워 훈몽(訓蒙)이란 편액을 걸고 제자들을 가르치며 살았는데, 그 가운데 조희문과 양자징은 그의 사위이기도 하였다.

18.

어제는 그대 보내며 술항아리 다 비웠더니
오늘 아침까지도 취해서 늦게 일어났네.
해 높도록 고즈넉해 창문도 아니 열고
베개에 기대 붓을 들고 작은 시를 써 보내네.

其十八

昨日送君樽苦渴、今朝中酒起何遲。
日高寂寂不開戶、欹枕援毫題小詩。

순창군에서 점암촌 옛터에 훈몽재를 복원하였다

◇ 양생(梁甥)이 『송사(宋史)』를 배웠는데, 「악비전(岳飛傳)」에 이르자 (선생이) 통음(痛飮)하고는 이 시를 지었다. (원주)

◇ 다음해(1548) 여름에 자징(子生)이 『송사(宋史)』를 배웠는데, 「악비전(岳飛傳)」에 이르자 선생은 통음(痛飮)하였다. 붓을 잡아 시를 짓고는, (위의 시가 실렸음) 곧 폐강(廢講)하였다. 그 가슴에 찬 충의(忠義)를 스스로 덮어버리지 못함이 이와 같았다. –『하서집』 부록 권1, 양자징 「가장(家狀)」

◇ 양생(梁甥)이 돌아간 뒤에 부쳐 보낸 시이다. (원주)

이수재에게 보이다
示李秀才

1.

하늘과 사람 사물 가운데 글이 있으며
방촌(方寸)[1]을 다스리는 공에 예가 있느니라.
모름지기 안팎을 아울러 기른다면
두루두루 정명하고 곳곳마다 통하리라.

文在天人事物中。禮存方寸攝持功。
須知內外交相養、周遍精明處處通。

2.

옥빛에다 난의 향기가 그 집 안에 알맞는데
대숲 밖 오두막에서 「이소경」을 읽네.
어찌 풍아(風雅)의 말단에만 치달릴 필요 있으랴
주나라 시 삼백 편이 참으로 화평하다네.

其二
蘭猗玉栗稱家庭。竹外窮簷講楚經。
馳騁不須風雅末、周詩三百儘和平。

◇ (수재의 이름은) 지남(至男)이다. (원주)
1 마음을 가리킨다.

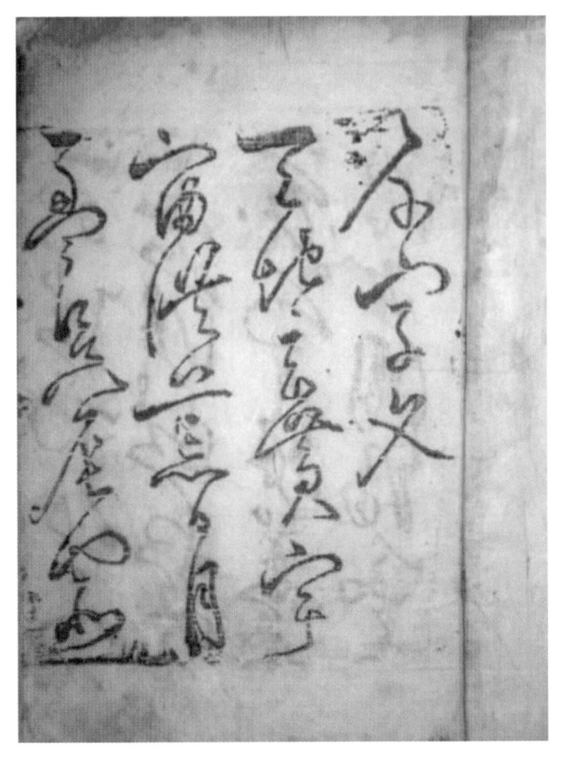

하서가 쓴 초서 『천자문』

◇ 이수재가 『초사(楚辭)』를 배우고 있을 때였다. (원주)

◇ (명종대왕) 2년 정미(1547년) 선생 38세

이지남이 배우러 온 지 10년이 지났는데, 하루는 『초사(楚辭)』를 배우려고 했다. 선생이 읽기를 마치지 못하고, 문득 비분을 참지 못하여 시를 지어 주었다. (두 번째의 시가 실렸음) 선생은 (인종이 승하한) 을사년(1545)부터 평소에 늘 우울해서 돌아갈 곳이 없는 궁인(窮人)같이 지냈다. 그래서 시를 읊는 가운데도 이러한 글들이 자주 나타났다. –『하서집』 부록 권3 「연보」

취해서 읊다

醉吟

꽃이 피면 시들 날이 오게 마련이고

술 마시면 모름지기 취한 꼴 보게 마련이지.

세상만사가 모두 이 같건만

한껏 성하면 시든다는 걸 그 누가 알랴.

開花且見離披節、飮酒須看酩酊時。
萬事世間俱若此、誰知盛極戒將衰。

스스로 읊다
自詠

인간 세상 슬픔과 즐거움을 한 동이 술에 맡겨
덜어주고 씻어내어 심혼을 진정시키네.
미친 짓으로 부질없이 남의 입에 오르내려
병이라도 될까[1] 부모님께선 마음을 못 놓으시네.

人世悲懽付一尊、消融蕩滌鎭心魂。
顚狂不覺騰人口、憂疾偏傷鶴髮恩。

1 맹무백(孟武伯)이 효(孝)에 대하여 묻자, 공자께서 "부모님은 오직 자식이 병날까 걱정할 뿐이다.[父母唯其疾之憂]" 라고 하셨다. -『논어』「위정(爲政)」편

경범이 준尊 자를 차운하였기에 내가 또 답하다
景范次尊韻余又答之

4.

만나는 사람마다 술 끊으라고 하지만

술을 끊는대도 병은 없어지지 않네.

욕심만 따르다 생을 잃는 건 내 역시 부끄러우니

경전을 연구하며 술 마시면 혹시 상함이 없으려나.

其四

相逢盡說斷杯觴。若斷杯觴病不亡。

徇欲忘生吾亦耻、窮經飮酒或無傷。

연못의 물고기

池魚嘆

1.

고기새끼 모아서 길렀더니 모두들 잘 살아나
샘물 차가워지자 돌구멍에 오래도록 숨었네.
오늘 아침 물이 말라 씨마저 없게 되니
어리어리한[1] 이놈들을 누가 다 가져다 삶으려나.

貯養魚兒喜並生。泉寒石竇久藏形。
今朝水渴無噍類、圉圉何人盡取烹。

2.

잔 고기 그물질해 작은 못에 길렀지만
고양이가 훔치고 벌레가 먹어 얼마나 속상했나.
골짜기에다 배 감춘[2] 셈이 되고 말았으니
갑자기 동이를 묻은[3] 한퇴지가 우습구나.

其二

網得纖鱗養小池。猫侵蟲蝕幾傷悲。
眞成夜半舟藏壑、却笑埋盆韓退之。

1 옛날에 어떤 사람이 산 물고기를 정나라 대부 자산(子産)에게 보낸 적이 있었다. 그러자 자산이 연못지기를 시켜서 그 물고기를 연못에다 기르라고 했다. 그러나 연못지기는 그 물고기를 삶아 먹고 돌아와서,
"그 물고기를 처음 연못에다 놓아 주자 어릿어릿하더니, 잠시 뒤에는 펄떡거리며 꼬리를 치다가, 멀찌감치 달아나 버렸습니다."
라고 아뢰었다. 그 말을 듣고 자산이 "제 살 곳을 만났구나. 제 살 곳을 만났어."라고 말했다. –『맹자』「만장」상

2 배를 골짜기에 감추어 두거나 그물을 연못 속에 감추어 두면 든든하다고 할 수 있다. 그러나 한밤중에 힘센 자가 그것을 짊어지고 달아날 수도 있건만, 어리석은 자들은 그 사실을 알지 못한다. 작은 것을 큰 곳에 감추는 것은 마땅한 일이지만, 그래도 잃어버릴 염려가 여전히 남아 있다. 만약 천하를 천하에 감추어 둔다면 잃어버릴 수가 없을 것이니, 이것이 바로 만물의 참다운 모습이다. –『장자』「대종사(大宗師)」

3 늙은이가 참으로 아이같이 우습구나.
동이를 묻고 물을 길어다 작은 못을 만드네.
老翁眞個似兒童, 汲水埋盆作小池. – 한유「분지(盆池)」

마운을 다시 쓰다
復用磨韻

거울에 묻은 먼지를 누가 나 위해 닦으랴.
의사를 만나지 못하니 묵은 병을 어찌하랴.
치평의 성인 법칙이 경전에 들었으니
미발(未發)은 모름지기 이발(已發)의 화(和)를 통해야 하네.

寶鑑埋塵孰我磨。醫師未遇奈沈痾。
治平聖法存經傳、未發須通已發和。

◇『어정시운(御定詩韻)』에 마운(磨韻)은 없다. 이 시에 쓰인 운자 마(磨)·아(痾)·화(和)자는 모두 평성(平聲) 제20 가운(歌韻)에 속하는 운자들이다.

이태수의 시에 화답하다
和李太守

외진 곳 싸리문에 친구조차 드무니
당시의 장한 뜻이 글러지고 말았네.
나라고 어찌 공명에 마음 없으랴만
몇 년 사이 병들어 돌아온 게 다행일세.

地僻柴門相識稀。當時壯志遂成非。
功名我豈無心者、幸自年來以病歸。

◇ (이태수의 이름은) 언침(彦忱)이다. (원주)
이언침(1507~1547)의 본관은 연안(延安)이고, 자는 중부(仲孚)로, 승지 이인충(李仁忠)의 증손이다. 1537년 식년문과에 병과로 급제하고, 예문관 검열, 성균관 전적, 사간원 정언·헌납, 사헌부 지평 등을 역임하였다. 명종이 즉위하자 순창군수로 나갔다. 1547년 서천에 유배되자 우울하게 지내다 죽었다.

발을 다치다
傷足

울타리 밑에 물결치니 꽃떨기가 아까워
푸른 이끼 대숲길로 허둥지둥 달려갔었네.
반걸음을[1] 옮기다가 효도를 잊었으니,
문을 나서며 전전긍긍[2] 공부한 것이 부끄러워라.

籬根波蕩惜芳叢。顚倒蒼苔竹逕中。
頃步却驚忘孝道、出門偏愧戰兢功。

---

1 군자는 경보(頃步)하면서 효도를 잊지 말아야 한다. -『예』「제의(祭義)」
석문(釋文)에 "경(頃)은 규(跬)로 읽어야 한다. 거족(擧足)을 규(跬)라 하고, 두 번째 거족을 보(步)라 한다."고 했다. 규(跬)는 반걸음이다.

2 온유하고 남에게 공손하여
나무 위에 앉은 듯이,
무서워하고 마음 졸이며
깊은 골짜기에 임한 듯이,
두려워하고 조심해야지
엷은 얼음판 밟고 가듯 해야지.
溫溫恭人, 如集于木.
惴惴小心, 如臨于谷.
戰戰兢兢, 如履薄氷. -『시경』소아「소완(小宛)」

변여윤에게 지어 주다

贈卞汝潤

어느새 봄바람이 작은 복숭아나무에 들어
맑은 새벽에 막대 짚고 동쪽 언덕에 섰네.
동이 속엔 이태백에게 전할 술이 있건만
종이 위엔 도연명에게 화답할 시가 없네.

不覺春風入小桃。淸晨植杖立東皐。
尊中有酒堪傳白。紙上無詩可和陶。

경범이 도연명을 노래한 시에 차운하다
次景范詠元亮韻

수수는[1] 익지 않고 난초도 안 자랐으니
이 한 몸 숨어야 할 곳을 알지 못하겠네.
복희와 신농도 날 버리고 올 생각 않는데다
종자기마저 세상에 없으니 누가 날 알아주랴.

秫未登場蘭未披。一身藏處未知宜。
羲農去我無回念、世乏鍾期誰與知。

---

1 (도연명이 처음 팽택령이 되자) 아전으로 하여금 공전(公田)에 모두 수수를 심게 한 뒤에, "나는 늘 술에 취하면 만족할 뿐이다."라고 하였다. 아내와 자식들이 벼를 심자고 굳이 청하자, 2경(頃) 50무(畝)에는 수수를 심고, 20무(畝)에는 벼를 심게 하였다. – 소명태자(昭明太子) 소통(蕭統) 「도연명전(陶淵明傳)」
수수는 술을 빚는 재료이다.

『정충록』에 쓰다
題精忠錄

1.

해를 꿰뚫는 충성을 황제는 이미 알았건만
뜬 구름에 한번 가리자 일하기 어려웠네.
권간(權奸)을[1] 저며 죽일 사람 하나 없었으니
지사의 슬픔을 만고에 길이 읊었네.

貫日精忠帝已知。浮雲一蔽事難爲。
無人臠盡權奸肉、萬古長吟志士悲。

◇ 『정충록』은 송나라 충신 악비(岳飛)의 행적을 기록한 책이다. 고종이 정충악비(精忠岳飛)라는 네 글자를 직접 써서 기(旗)에다 수를 놓아 하사하였다.

1 금나라와 화의하자고 주장하며 악비를 죄에 얽어 죽였던 간신 진회(秦檜)를 가리킨다.

『금오신화』를 윤예원에게 빌리다
借金鰲新話於尹禮元

금오거사가 새 이야기를 세상에 전하니
하얀 달 차가운 매화가 완연히 여기에 있네.
내게 빌려주어 병든 눈 닦고 보니
머리 아프던 게 이 책 보고 거뜬히 나았네.

金鰲居士傳新話。白月寒梅宛在玆。
暫借河西揩病目、頭風從此快痊之。

◇『신화』는 바로 매월당 김시습이 지은 것이다. (원주)
현재 전하는 최초의『금오신화』독후감이다.

벼슬하는 날 쓰다
除官日書

십 년 동안 병 앓고 육 년 동안 거상(居喪)하니
온전하게 여기까지 온 것도 하늘이 준 복일세.
우로에[1] 또 젖으니 분수 아님이 부끄럽고
부모님[2] 생각하니 눈물이 쏟아지네.

十載沈痾六載憂。生全到此亦天休。
重霑雨露慙非分、感念劬勞淚迸流。

◇ 하서는 인종이 승하하던 1545년 7월에 병을 핑계로 벼슬을 사임하고 집으로 돌아왔으며, 40세 되던 1549년 10월에 부친상을 당하였다. 42세 되던 1551년에는 모친상을 당하였다. 모친상까지 마치고 44세 되던 1553년 9월에 홍문관 교리(정5품)로 임명되었으니, 이때에 지은 시인 듯하다.

1 만백성에게 골고루 내리는 임금의 큰 은혜를 가리킨다.

2 구로(劬勞)는 부모님의 은혜인데, 앞에 나왔다.

덕무의 시에 차운하다
次德茂韻

1.

여러 해를 먹물에 베옷 시달리면서
용 잡는 법을 배웠지만[1] 남들은 몰라주네.
그대와 뒤늦게 만난 것이 후회스러우니
아무쪼록 힘 합하여 밝은 때에 공 이루세.

多年墨水困麻衣。自許屠龍人不知。
却悔與君相遇晩、終須協力效明時。

2.

요순 세상을 만났지만 아직도 홑옷 신세
천만 사람 그 누구도 알아주지 않네.
숨은 표범이 무늬 이룰 날 어찌 없으랴[2]
서린 용이 반드시 구름 이룰 때 있으리라.

其二
生逢堯舜尙單衣。千萬何人表見知。
豹隱豈無成彩日、龍蟠會有起雲時。

1 주평만은 지리익에게서 용을 잡는 방법을 배웠는데, 천금이나 나가는 집을 세 채나 팔아 폐백을 바쳤다. 그러나 그 기술을 익힌 뒤에 써먹을 곳이 없었다. –『장자』 제32편「열어구(列禦寇)」

2 도답자(陶答子)가 도(陶)를 다스린 지 3년이 되었는데, 명예는 이뤄지지 않고 재산만 세 갑절 불어났다. 그러자 그 아내가 아이를 안고 혼자 울면서 말했다.

"제가 들으니, 남산에 표범이 있는데 7일 동안 안개가 끼고 비가 와도 산에서 내려와 먹이를 찾지 않는다고 합니다. 그 털을 윤택하게 해서 무늬[文章]를 이루려고 하기 때문입니다. 그래서 (남산에) 숨어 해(害)를 멀리했다고 합니다." –『열녀전』「현명(賢明)」

월계꽃을 꺾어 달라고 청하며

彦沃氏折山茶月季四季黃白諸菊束寄席上翌朝作詩謝之因又乞月季

어제 꽃가지를 보내주어 손님 모신 자리를 빛냈는데
어두운 바람이 많이 불어 고운 구경을 막았네.
풍운을 독차지한 월계꽃이 가장 예쁘니
곁가지를 빌려서 내 눈 앞에 꽂아 주소.

昨送花枝侈客筵。陰風多事阻歡姸。
最憐月季全風韻、願乞旁條揷眼前。

◇ 원제목이 길다. 「언옥씨가 산다·월계·사계·황국·백국 등의 꽃들을 꺾어서 내 자리에 부쳐 왔으므로, 이튿날 아침에 시를 지어서 감사드렸다. 그리고는 또 월계꽃을 청하였다.」

자리에 누워 파리를 내몰다

臥榻驅蠅

팔 휘두르며 부채 부쳐서 온 방의 파리 몰아냈으니
이제부턴 베개맡의 책들을 더럽히지 못할 테지.
눈과 코에 엉겨 붙던[1] 어제와는 달라질 테니
창 밖에서 잉잉거리며[2] 제 갈 데로 가라지.

扇撲肱麾一室虛。從今免汙枕邊書。
沿眶集鼻非前日、窓外營營任所如。

---

1 혹은 눈자위에 엉겨 붙고, 혹은 눈썹 끝에 모여드네[或沿眼眶, 或集眉端.]
– 구양수 「증창승부(憎蒼蠅賦)」

2 잉잉거리는 쉬파리가
울타리에 앉았네.
점잖으신 군자님이여
참언을 믿지 마소서.
營營青蠅, 止于樊.
豈弟君子, 無信讒言. – 『시경』 소아 「청승(靑蠅)」

어떤 스님이 막걸리를 마시게 해주다

有僧飮以山醪

비 지나자 개구리가 시끄럽게 울고

구름 흩어진 먼 하늘에 달그림자 성기네.

북두칠성 기울어 산은 밤에 들었는데,

두어 사발 막걸리에 산나물이 곁들였네.

蛙聲經雨轉紛如。雲散長空桂影踈。

星斗闌干山入夜、數觥春酒間新蔬。

벗에게 지어 주다
贈友

허리 굽히는[1] 일 끝내고 병들어 돌아오니
시 주머니는 가득하건만 술은 모자라네.
긴 바람에 물결 부술[2] 그 날이 언제일지
자네와 돛단배 타고 먼 길 떠나려네.

一病歸來罷折腰。詩囊空富酒難饒。
長風破浪知何日、與子雲帆去路遙。

---

1 한 해가 끝날 무렵 군(郡)에서 독우(督郵)를 파견했는데, 현리(縣吏)가 (도연명에게) 말했다.
"띠를 묶고 만나셔야 합니다."
그러자 연명이 탄식하며 말했다.
"내 어찌 다섯 말의 쌀 때문에 시골의 소인배에게 허리를 굽히겠는가?"
그리고는 그날로 인끈을 풀어 놓고 벼슬을 떠나면서 「귀거래사(歸去來辭)」를 지었다. – 소명태자 소통 「도연명전(陶淵明傳)」
이 시에서는 마음에 없는 벼슬살이를 "허리 굽히는 일[折腰]"이라고 표현하였다.

2 종각(宗慤)이 젊었을 때에 숙부 병(炳)이 포부를 묻자, "긴 바람을 타고 만리 물결을 부수고 싶습니다.[願乘長風 破萬里浪]"라고 하였다. – 『송서(宋書)』 권76 「종각전(宗慤傳)」

벗에게 고마워하다
謝友

그대가 자주 오가니 너무 고맙네.
술 한 병 들고 와서 실컷 정을 나눴네 그려.
눈보라 불어와 창밖에 몰아치니
병든 몸 부지할 거라곤 이 한 잔뿐일세.

多謝夫君數往來。仍將壺酒盡情開。
雪風吹動山窓外、病裏扶持只此杯。

또 앞장의 뜻을 넓히다

又廣前章之意

사람의 사람됨을 사람이 모르면
사람이 사람일 수 없으니 이 어찌 사람이랴.
사람마다 사람 되는 도를 안다면
성인과 우인(愚人)이 다른 사람 아닐세.

人不知人所以人。人不能人豈是人。
人人若會爲人道、聖人愚人非異人。

상지에게 장난삼아 지어 주다
戱贈祥之

1.

잔 깊으면 뜻도 함께 깊어지는 걸 알아야 하네.

깊은 잔 못 마시니 마음이라도 마시게나.

술은 한 병 누웠는데 사람은 눕지 않아

취한 먹방울이 시 읊은 종이에 떨어진 것을 보네.

杯深須識意同深。不飮深盃且飮心。
臥却一壺人未臥、爭看醉墨落瓊吟。

◇ 상지는 하서와 교유가 있었던 오상(吳祥, 1512~1573)의 자이다. 호는 부훤당(負暄堂)으로, 문장에 뛰어나 김주(金澍), 민기(閔箕), 정유길(鄭惟吉), 심수경(沈守慶) 등과 함께 8문장의 한 사람으로 일컬어졌다.

2.

정 깊으면 모르는 새 술잔도 깊어지니
그대 마음 술과 함께 내 마음에 들어오네.
숙취가 깨기도 전에 또 하루 취하다 보니
그대 시에 화답하기를 곤해서 잊었다네.

其二

情深不覺酒盃深。酒共君心入我心。
宿醉未醒還日醉、困來忘却和君吟。

병든 학
病鶴

산 언덕에서 슬피 울어도 알아줄 사람 그 누구랴.
날개를 드리운 채 마른 가지에 기대었네.
하늘가를 돌아다보니 구름은 아득한데
만 리에 돌아갈 생각 부질없이 지녔네.

山畔哀鳴知者誰。還堪垂翅倚枯枝。
回看天際雲猶逈、萬里歸心空自持。

이괄 아내의 죽음을 슬퍼하며
挽李适室

1.

머리 묶던[1] 당시에는 모두 청춘이었으니

견우 직녀 삼·신[2] 될 줄이야 어찌 알았으랴.

슬프구나! 백 년 동안 괴로움과 즐거움 겪었는데

이제 와선 모두가 꿈속의 몸이 되었구나.

當時結髮共青春。牛女何期參與辰。
惆悵百年經苦樂、只今還是夢中身。

---

1 옛날 중국에서 남자는 20세, 여자는 15세에 머리를 땋고, 남자는 관을 쓰고 여자는 비녀를 꼈다. 처녀 총각이 처음 혼인한 부부를 결발부부(結髮夫婦)라고 한다.

2 인생 살면서 서로 보지 못하니
마치 삼성과 상성 같구나.
人生不相見, 動如參與商. – 두보「증위팔처사시(贈衛八處士詩)」
삼성(參星)은 서쪽 하늘에 있고 상성(商星)은 동쪽 하늘에 있어, 별이 뜨고 질 때에 서로 볼 수가 없다. 그래서 서로 만나지 못하는 사람들을 비유할 때에 이 별들에다 비유하였다. 상성을 신성(辰星)이라고도 한다.

2.

학발의 홀어머니에 강보에 싸인 아이 두고
나이 서른 봄바람에 떨어진 꽃 흩날리는구나.
벽 위에는 난새 거울만[1] 속절없이 남았는데
밝은 달빛이 예전처럼 비치는구나.

其二

鶴髮偏親襁褓兒。春風三十落花飛。
空餘壁上靑鸞鏡、不減從前明月輝。

1 푸른 봉황을 난(鸞)이라고 한다. 난새는 제 짝이 있어야만 기뻐하므로, 짝 잃은 난새가 거울을 보면 춤을 춘다. 그래서 부부 사이에는 난새를 새긴 거울 [鸞鏡]을 쓴다.

문인에게 보이다
示門人

천지 중간에 두 사람이 계시니

중니가 원기라면 자양은[1] 참이시네.

마음 가라앉혀 다른 길에 미혹되지 말고

꺾어지고 병든 몸을 위로하여 다오.

天地中間有二人。仲尼元氣紫陽眞。
潛心勿向他岐惑、慰此摧頹一病身。

◇ (명종대왕) 2년 정미(1547년) 선생 38세
봄에 성균관 전적(典籍)으로 임명되었지만, 나아가지 않았다.
시를 지어 문인들에게 보였다. (위의 시가 실렸음.)
선생은 이렇게 생각하였다. "서계(書契)가 생긴 이래로 여러 성인들이 표준을 세웠는데, 그 운이 쇠해갈 즈음에 공자(孔子)가 없었으면 여러 성인들의 도가 전해지지 못했을 것이다. 공자 이후로 여러 현인들이 전통을 이어오다가 어두워지게 되었으니, 주자(朱子)가 없었으면 공자의 도가 밝혀지지 못했을 것이다. 그러니 공자와 주자, 두 부자(夫子)의 사업과 공렬(功烈)은 천지 사이에 우뚝하고 빛나다. 여러 성인들과 여러 현인들이 이보다 더할 수는 없다."
그래서 이 시를 지어서 후학들을 깨우쳤다. 선생의 학식과 지취(志趣)의 범위는 이 시를 통해서 그 대략을 볼 수 있다. –『하서집』 부록 권3 「연보」

1 송나라 성리학자 주희(朱熹)가 자양산에 살았고, 자양서원을 세웠다. 이 시에서 두 사람은 공자와 주자이다.

중명과 경범에게 보이다
示仲明景范

『대학』 편머리에 열여섯 글자를[1]

반 세상 공부했건만 근원을 못 만났네.

그대들은 남다른 총명을 지녔으니

경사와 시문을 서로 뱉고 삼키게나.

大學篇初十六言。工夫半世未逢原。
諸君剩有聰明在、經史詩文互吐吞。

---

1 열여섯 글자는 "대학지도(大學之道)는 재명명덕(在明明德)하고 재친민(在親民)하며 재지어지선(在止於至善)이니라." 하는 내용인데, "대학의 도는 밝은 덕을 밝히는 데 있고, 백성을 새롭게 하는 데 있으며, 지극한 선에 머물러 있는 데 있다."는 뜻이다.
"재친민(在親民)"의 친(親) 자를 정자는 신(新)이라고 쓰는 게 옳다고 했으며, 주자도 이 설명을 따랐다. 공영달 같은 학자처럼 원문 그대로 해석하면 "백성을 친애한다."는 뜻이 된다.

오언율시

권8 · 권9

정월 초하룻날 쓰다

正月朔日書

천지에 삼양(三陽)이 어울려 큰 운 터지고[1]

건곤 사덕(四德)에 원(元)을 만났네.[2]

첫 닭 울자 순임금의 선을 행하고[3]

해가 뜨자 요임금의 말씀 외웠네.[4]

온갖 사물에 조리가 있으니

삶의 이치가 근본 뿌리를 벗어날 텐가.

문왕께서[5] 밝히 위에 계시니

온 나라가 큰 은혜를 우러러보네.

天地三陽泰、乾坤四德元。
鷄鳴服舜善、日出誦堯言。
物物分條理、生生自本根。
文王昭在上、一國仰鴻恩。

---

1 『역』에서 정월은 태괘(泰卦)에 해당되는데, 태(泰)는 지천(地天)으로서 삼양삼음(三陽三陰)으로 이뤄졌다.

2 원(元)은 만물이 시작하는 것이고, 형(亨)은 만물이 자라는 것이며, 리(利)는 만물이 열매 맺는 것이고, 정(貞)은 만물이 이뤄지는 것이다. 오직 건곤(乾坤)에만 이 네 가지 덕이 있을 뿐이니, 다른 괘에 있는 것들은 일에 따라서 변한다. -『역』 정전(程傳)

3 복(服) 자가 어느 본에는 위(爲) 자로 되어 있다. (원주)
닭이 울면 일어나서 부지런히 착한 일을 하는 사람은 순임금의 무리이다. 닭이 울면 일어나서 부지런히 이익을 추구하는 자는 도척의 무리이다. 순임금과 도척의 구분을 알려고 하면, 다른 방법이 없다. 착한 일을 하는가, 아니면 이익을 구하는가 하는 차이가 있을 뿐이다. –『맹자』「진심(盡心)」 상

4 당신이 요임금과 같은 옷을 입고, 요임금과 같은 말을 하며, 요임금과 같은 행동을 한다면, 당신이 바로 요임금 같은 사람이 되는 것이다. –『맹자』「고자(告子)」 하

5 문왕같이 훌륭한 임금이라는 뜻인데, 하서는 중종을 문왕에게 자주 비유하였다.

소쇄정에서 즉흥적으로 읊다
瀟灑亭卽事

대숲 너머 부는 바람이 귀를 맑게 해주고
시냇가 밝은 달은 마음을 비춰 주네.
깊은 숲에서 서늘한 기운 보내고
높은 나무에선 엷은 그늘이 흩어지네.
술이 익어 가볍게 취기를 타자
시가 이뤄져 짧게 읊어지네.
한밤중 처량한 울음소리가 들리니
피눈물 자아내는 두견이 있는 게지.

竹外風淸耳、溪邊月照心。
深林傳爽氣、喬木散輕陰。
酒熟乘微醉、詩成費短吟。
數聲聞半夜、啼血有山禽。

◇ 무술년(1538)에 지었다. (원주)

정목을 보고
見政目

병들어 봄추위가 겁이 난 거지
출처가 어려운 탓은 아닐세.
부모님은 오히려 경사 바라고
향장도[1] 역시 안장을 재촉하네.[2]
억지로 일어나면 병 더할 테고
늘어지면 마음에 평안치 않아,
만 가지 생각이 꼬리를 무니
어떻게 마음먹어야 온전케 되려나.

病怯春寒早、非關出處難。
雙親猶望幸、鄕長亦催鞍。
强起愁添疾、低佪恐未安。
端居生萬念、何計始爲完。

◇ 정목(政目)은 조보(朝報)와 같은 말인데, 조정 관원들의 인사발령이 실렸다. 새로운 벼슬을 받고도, 부모님 봉양 때문에 망설이는 마음을 나타낸 시이다.

1 시골의 좌수(座首)를 흔히 향장이라고도 했으며, 고종 32년부터는 제도적으로도 "향장"이라는 말을 썼다.

2 판윤(判尹) 박수량(朴守良)의 말이 "외직에 나가 있으면 부모를 봉양하기가 어렵다."고 했다. (원주)

산속 절에 있으면서 태용형에게 부치다
在山寺寄太容兄

1.

초가 암자 쓸쓸한 곳에 찾아와

아침저녁 이틀을 지냈소.

말 버리고 아슬한 고개를 올라

스님 불러서 낮은 문을 열게 했지요.

설핀 울타리엔 새만 우짖고

얕은 우물엔 반쯤 진흙이었지요.

앞산을 가리키는데 눈이 가득해

동풍이 아직도 따습지 않네요.

草庵蕭索地、來度兩朝昏。
却馬攀危磴、呼僧闢短門。
籬疎惟鳥噪、井淺半泥渾。
指點前山雪、東風尙未溫。

◇ 태용의 이름은 김약묵(金若默, 1500~1558)이다. 1540년 문과에 급제했으며, 훈도를 거쳐 한산군수와 양주목사를 역임하였다. 하서의 동서인데, 그가 세상을 떠나자 하서가 「통훈대부양주목사김공묘명(通訓大夫楊州牧使金公墓銘)」을 지었다. 이 글은 『하서집』 권12에 실려 있다.

2.

늙은 스님이 처마 앞에서 절하고
창문 앞에다 자리를 깔아 주었소.
산이 높아서 햇빛 보는 시간이 적고
골짜기도 깊어 늦게야 봄을 알았지요.
그림 부처가 차가운 벽에 의지해 앉았는데
상좌아이는 새벽부터 불을 지피네요.
문밖에 나서 사냥꾼의 이야길 들으니
어디론가 놀란 노루가 달아났다오.

其二

老衲簷前拜、當窓設草茵。
山高少見日、谷邃晚知春。
畵佛依寒壁、緇童爨曉薪。
出門聞獵客、何處走驚麏。

스스로 경계하다

自誡

태어날 적에 기운을 박하게 받아
추위와 더위를 견뎌내기 힘드네.
뒤늦게야 몸 보전하는 길 알았으니
병 다스리는 법을 더해야겠네.
정신을 함부로 쓰지 말며
생각은 차분하고도 자상해야 하네.
먹고 마시며 여색을 즐기는 것도
살피고 헤아려서 지나치지 말아야 하네.

吾生受氣薄、寒暑不堪當。
晩識保身術、應加治病方。
精神毋妄費、思慮要安詳。
食飮與聲色、看來亦審量。

술 남았느냐

憶新齋問酒和杜陵韻示景范

신재가 나복에 유배 와서는

술 "남았느냐"고 첩에게 물었다네.

뜬 세상이라 유난히 느낀 게 많아

석양에도 취한 술 깨지를 않네.

원릉은 슬프게도 눈이 하얗고

친구들은 멈춘 구름을 보며 한스러워하네.[1]

적막한 곳을 그 누가 찾아오려나

나 혼자 깨어 있는 걸 자랑할 마음 없네.[2]

新齋蘿葍縣、問妾酒留瓶。
浮世偏多感、斜陽未覺醒。
園陵悲雪白、親友恨雲停。
寂寞誰相問、無心詫獨醒。

◇ 나복(蘿葍)은 동복(同福)의 다른 이름인데, 신재가 일찍이 이 고을에 유배되었다. (원주)

◇ 원제목이 길다. 「신재가 "술 남았느냐."고 물었던 말을 추억하면서 두보의 시에 화운하여 경범에게 지어 보이다.」

신재(新齋)는 최산두(崔山斗)의 호인데, 1513년에 문과 급제하여 호당(湖堂)에 선발되었다. 벼슬이 사인(舍人)에 이르렀는데, 기묘사화(1519) 때에 동복현으로 귀양 갔다. 동복현의 옛 이름이 나복(蘿葍)이므로, 호를 나복산인이라고 하였다.

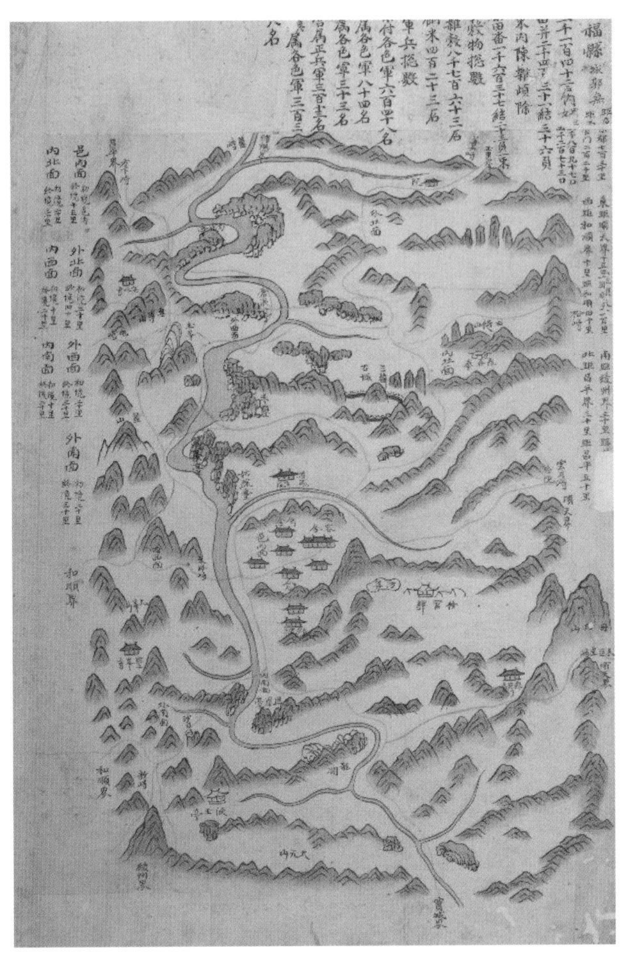

동복현 고지도

1 「정운(停雲)」은 도연명이 지은 4언 4장의 시인데, 도연명 스스로 "친구를 생각하는 시[停雲, 思親友也]"라고 주를 달았다.

2 온 세상이 모두 흐린데
나 혼자만 맑고,
나 혼자만 깨었네.
그래서 쫓겨났다네. – 굴원 「어부사(漁父辭)」

금구 교장에게 부치다
寄金溝校長

우리 할아버님 일찍이 거쳐가신 곳[1]
학교는 지금 어떠한지요.
금패(衿佩)의[2] 무리에게 말하노니
공자 안자의 물결을 거슬러 올라가게나.
동쪽 울타리 잣나무는 예전에 알던 것이고
북쪽 연못의 연꽃도 생각이 나네.
가을바람이 불자 마음은 만 리
그대 그리워 긴 노래를 한번 부르네.

吾祖曾經地、黌堂今若何。
爲言衿佩列、須泝孔顔波。
舊識東墻柏、相思北沼荷。
秋風心萬里、念子一長歌。

---

1 하서의 할아버지인 환(丸)이 금구 훈도(訓導, 종9품)를 지냈다.

금구향교 [문화재청 사진]

하서의 할아버지 김환이 훈도로 부임하여 학생들을 가르쳤던 금구향교는 전라북도 김제시 금구면 금구리 152번지에 있다. 대성전은 전라북도 문화재자료 제113호로 지정되어 있다.

---

2 푸르디푸른 그대 옷깃이
내 마음을 시름겹게 하네.
나야 비록 못 간다지만
그대는 어찌 소식도 없나?
青青子衿, 悠悠我心.
縱我不往, 子寧不嗣音.

푸르디푸른 그대 패옥이
내 마음을 시름겹게 하네.
나야 비록 못 간다지만
그대는 어찌 오지도 않나?
青青子佩, 悠悠我思.
縱我不往, 子寧不來. –『시경』 정풍 「자금(子衿)」

푸른 옷깃과 푸른 패옥은 학생의 옷차림을 가리킨다.

헤어지면서 지어 주다
贈別

2.

호남 가는 길은 까마득히 먼데
아득하던 이 해도 저물어가네.
그대의 선산은 우리 고을 이웃에 있고
우리 논밭은 그대 마을 가까이 있었지.
봄이 오면 기러기는 꼭 돌아가니
어찌 바다로 내려가는 고기 없으랴.
정무가 마무리되고 공사 틈나면
나도 또한 그대에게 오고 가리라.

其二

迢遞湖南路、蒼茫歲欲除。
松楸隣我邑、桑麥近君居。
定有回春鴈、寧無下海魚。
政成公事少、吾亦往來於。

거문고 노래를 듣다
聽琴歌

청산에 술이 다하지 않았으니
귀 기울여 거문고 소리나 듣세.
소나무는 늙어서 천년의 빛이고
하늘은 넓어서 만 리의 마음일세.
별들과 은하수는 아직 찬란해
작은 잔 큰 잔에 넘쳐 따르네.
맑은 밤새도록 촛불 잡고서
실컷 노닐며 취해 읊조리네.

青山酒不盡、傾耳聽鳴琴。
松老千年色、天長萬里心。
星河稍燦爛、杯爵且淋淫。
秉燭酣淸夜、留連寓醉吟。

산속의 사철 경치를 읊다
詠山中四景

인간 세상의 일이라면 귀를 씻으니
영고성쇠 어느 것도 나는 모르네.
솔꽃 향기 여기 저기 흩날리고
구름 그림자 느릿느릿 다사로웠지.
지는 잎 소리가 바람 부는 밤에 들리고
차가운 매화는 눈 내릴 무렵 보았지.
쓸쓸한 가운데도 참다운 흥이 있으니
올해만 아니라 내년에도 그러겠지.

洗耳人間事、榮枯總不知。
松花香散漫、雲影暖依遲。
落葉聞風夕、寒梅見雪時。
蕭然眞箇興、今歲及來玆。

중경의 벽에 쓰다

題仲警壁上

그윽하고 한적한 땅을 가려서 사니
인간 세상 바쁜 것을 알지 못하네.
담장엔 숲 그림자 이어져 있고
창가엔 구름빛이 물들었네.
베개에 기대어 시를 짓다가
잔을 기울이면 술이 미치게 하네.
닭이 홰를 치고 개까지 짖으니
한 세상 한가히 누워 세월에 내맡기네.

卜居儘幽寂、不知人世忙。
門墻連樹影、窓戶襯雲光。
欹枕詩成癖、傾觴酒入狂。
雞棲兼犬吠、閒臥任星霜。

매월당이 병중에 지은 시를 차운하여 평숙에게 보이다
次悅卿病中詩示平叔

병든 가운데 다시 병을 얻으니
술 없는 게 더없는 시름이라네.
세밑에는 깊은 술잔이나 주고받다가
봄이 오면 힘센 소를 사서 부려야지.
풍진 세상에 얼굴은 가렸지만
눈서리가 내 머리를 뒤덮게 되었네.
등불 밝히고 마음을 논해보니
나를 가난케 하는 시가 바로 원수일세.

病中還有病、無酒儘堪愁。
歲暮酬深爵、春來買健牛。
風塵雖隔面、霜雪欲蒙頭。
燈火論心地、詩窮是我仇。

취하여 이질에게 지어 주다
醉贈李礩

광산 이 통판 댁의 술을
착한 손자가 가지고 왔기에,
푸른 등불 아래 조금씩 따라 마시며
흰 달빛 속에서 길이 읊조리네.
대나무 소리는 취한 귀를 놀라게 하고
매화 그림자는 시인의 혼을 달래는데,
고맙다는 인사를 할 곳이 없어
그립다는 말조차 건네지 못하네.

光山通判酒、提挈有賢孫。
細酹靑燈下、長吟白月痕。
竹聲驚醉耳、梅影慰詩魂。
欲謝還無地、相思未敢言。

칠언율시
권10

필암서원에 소장된 하서 유묵 목판과 『하서집』 장판각 [문화재청 사진]

비구니 승원에서 짓다
女院作

늙은 나무 사이로 낡은 절간이 황량하고
처마 가 작은 탑에는 이끼 자국이 가득하네.
샘물은 담 모퉁이를 뚫어 앞마을에 이어졌고
길은 산허리를 감돌아 뒷산으로 나갔네.
향불 피는 인연은 옛 풍속을 이었지만
단청 입힌 전각은 새 모습으로 바뀌었네.
다락에서 웃으며 스님과 이야기하는 동안
늙은이 어린애들이 쉬지 않고 오가네.

廢院荒涼古樹間。簷邊矮塔暗苔斑。
泉通墻角連前井、路屈山腰出後巒。
香火因緣承舊俗、金銀殿宇換新顔。
樓頭一笑逢僧話、老幼紛紛費往還。

면앙정 운
俛仰亭韻

2.

두건에다 막대 짚고 주인 손님이 모였는데

숲을 둘린 작은 정자가 높고도 밝구나.

새벽 절 종소리는 바람 따라 들려오고

구름 깔린 넓은 하늘에 기러기는 먼 길 가네.

황혼에 달 떠오르면 산이 더욱 고요하고

동 트면 대나무 흔들려 이슬이 먼저 마르네.

한가한 가운데서 참맛을 얻었으니

만사가 유유하다 나와 무슨 관계랴.

其二

巾杖追隨會二難。小亭高爽帶林巒。
風傳曉寺鐘聲遠、雲接長空鴈路漫。
好月臨昏山更靜、踈篁搖曙露先乾。
蕭然自占閒中味、萬事悠悠莫我干。

이요당
二樂堂

그윽한 경치를 차지하기론 이곳이 제일이라
숲 바람이 때때로 담장 구름을 걷어가네.
물에 비친 붉은 꽃은 그대 친구 연꽃이고
산에 이어진 푸른빛은 바로 대나무일세.
두어 무리 헤엄치는 고기들은 스스로 즐기고[1]
노래하는 새 소리도 들을 만하니,
어진 자와 슬기로운 자가[2] 서로 찾아오리라
참뜻을 어찌 꼭 새겨야 하랴.

占却淸幽此十分。林風時捲度墻雲。
紅芳照水唯蓮友、翠色連山是竹君。
數隊游魚還自樂、一聲啼鳥更堪聞。
秖應仁智來相訪、眞意寧須歷歷云。

---

1 장자(莊子)가 혜자(惠子)와 함께 호수(濠水)의 다리 위에서 거닐다가 말하였다. "피라미가 나와서 유유히 헤엄치고 있군. 이게 바로 피라미의 즐거움일 테지." 그러자 혜자가 말하였다. "자네는 물고기도 아니면서 어찌 물고기의 즐거움을 아는가?" –『장자』 제17편 「추수(秋水)」

2 슬기로운 자는 물을 좋아하고, 어진 자는 산을 좋아한다. 슬기로운 자는 움직이고, 어진 자는 고요하다. 슬기로운 자는 즐겁고, 어진 자는 오래 산다.[知者樂水 仁者樂山 知者動 仁者靜 知者樂 仁者壽] –『논어』「옹야(雍也)」

신묘년에 급제한 동년들의 계회도
辛卯蓮榜曹司契會軸

옥패를 두를 당시 같은 방에 붙어서 기뻤는데
급제자 명단에 앞서거니 뒤서거니 십년 간일세.[1]
조정에서 같은 길 가자는 새로운 약속 아니니
도성 안 분사에 저마다 말단일세.
가는 곳마다 진면목을 드러내지 못했으니
한가하게 틈 나면 오직 강산을 좋아하였지.
서로 따르며 잠시 티끌에서 벗어나 관직을 묶어 두고
술동이 앞에서 즐거운 이야기를 막지 마시게.

衿佩當時一榜歡。科名先後十年間。
朝端共路非新契、都下分司各末班。
隨處未開眞面目、偸閒須向好江山。
相從乍脫塵銜束、莫使尊前笑語闌。

◇ 연방(蓮榜)은 생원이나 진사에 합격한 사람들의 이름을 적은 명부이다. 김인후는 신묘년(1531) 식년 진사시에 4위로 합격하였다.

1 하서는 1540년 10월 별시 문과 병과에 급제하여 권지승문원부정자로 벼슬길에 나섰다. 십여년만에 일곱 명이 모두 급제하여 한자리에 모였다는 뜻이다.

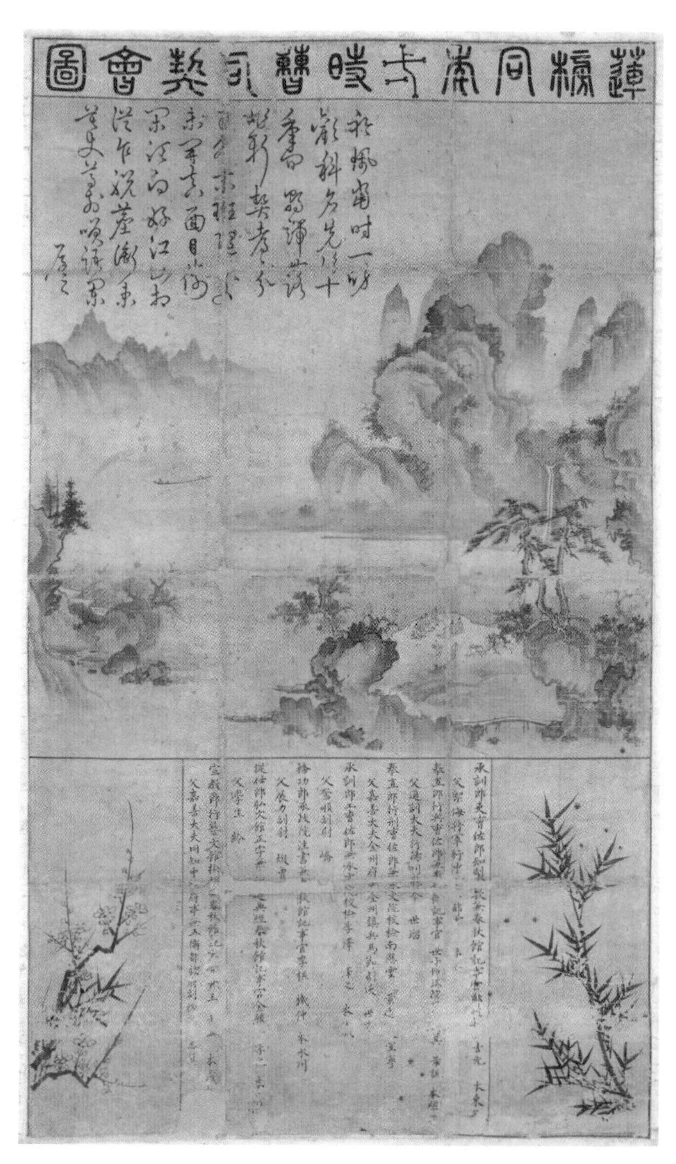

「연방동년일시조사계회도(蓮榜同年一時曹司契會圖)」 [국립광주박물관 사진]

1531년 사마시에 합격한 동기 7명이 1542년에 모인 모습을 그림으로 남겼으며, 하서가 칠언율시를 지어 왼쪽 위에 썼다. 오른쪽 아래에 일곱 명이 앉아 있는데, 그 아래에 정유길(鄭惟吉), 민기(閔箕), 남응운(南應雲), 이택(李澤), 이추(李樞), 김인후(金麟厚), 윤옥(尹玉)의 이름이 차례로 적혀 있다.

파리를 미워하다
憎蠅

잉잉거리며 가시울타리에 앉는다고 『시경』에 노래했지[1]
파리떼 번성하니 견뎌낼 수가 없구나.
파리똥이 하도 많아서 검은지 흰지 구분할 수 없고
싱싱하던 것도 어느새 썩어 노린내가 나기 쉽네.
한퇴지 시에선 가을바람 불기만 고대했고[2]
구양수의 부에선 여름날이 너무 길다고 시름했네.[3]
천 리라서 준마 꼬리에 따라붙지도 못하고[4]
국과 술에 빠져드니 그 죄를 갚을 길 없네.

營營止棘詠周章。厥類蕃滋不可當。
點染幾多迷皀白、淋漓容易敗羶薌。
韓吟苦待秋風到、歐賦偏愁夏日長。
千里未應隨驥尾、投羹沒酎罪難償。

---

1 잉잉거리는 쉬파리가
가시울타리에 앉았네.
참소하는 자들은 나쁜 자들이어서
온 나라를 어지럽히네.
營營青蠅, 止于棘.
讒人罔極, 交亂四國. –『시경』 소아 「청승(青蠅)」

2 서늘한 바람이 구월에 불어오면
흔적도 안 보이게 다 쓸어버리리라.
凉風九月到, 掃不見蹤跡. – 한유 「잡시(雜詩)」

3 타는듯한 바람은 덥기만 하고
여름날은 길기만 하네.
炎風之燠, 夏日之長. – 구양수 「증창승부(憎蒼蠅賦)」

4 안연(顏淵)이 비록 독실한 학자이지만, 천리마의 꼬리에 붙어서 그 덕행이 더욱 드러났다. – 『사기』 「백이전(伯夷傳)」

그 주에 "파리는 준마의 꼬리에 붙어 천 리를 가니, 안연의 이름이 공자 덕분에 드러난 것을 비유한 말이다."라고 하였다.

화담의 「독역시讀易詩」에 차운하다
次花潭讀易詩韻

1.

혼연한 전체는 생(生)보다 먼저 있어

대화(大化)가 유행하여 물(物)과 함께 받았네.

복희씨는 괘(卦)를 그어 변화를 밝혔고

문왕은 분석하여 인사 천리를 증험했네.

공부가 극진하면 바야흐로 묘(妙)를 알고

체인(體認)이 깊어지면 현(玄)을 다시 깨우치네.

상(象) 세우고 사(辭)를 매어 말과 뜻이 극진하니

그 옛날 성인께서 가죽끈을 끊으셨네.[1]

渾然全體有生先。大化流行物共傳。

羲畫推移明變化、周經剖析驗人天。

工夫盡處方知妙、體認深時更覺玄。

立象繫辭言意盡、憶曾將聖絶韋編。

◇ (명종대왕) 11년 병진(1556년) 선생 47세

화담 서경덕의 「독역시(讀易詩)」에 차운하였다.

당시 화담은 심학(心學)으로 한 시대 선비들이 우러러 받드는 바가 되었는데, 그가 일찍이 「독주역시(讀周易詩)」를 지었다. (줄임) (하서)선생이 이 시를 보고, "성인의 말씀은 곧 천지의 도(道)이니, 그림자[影]라고 할 수 없다."면서 이 시에 차운하였다. (위의 시가 실렸음) – 『하서집』 부록 권3 「연보」

2.

공부는 계단 밟듯 선후가 있으니
무엇을 먼저 전하느냐고 공문에서 말했네.
참된 앎은 일상 행실을 벗어나지 않고
아래서 배운 것이 위로 올라가지 않는 게 없네.
성인의 말씀은 이처럼 분명한데
학자들은 부질없이 현현하다고 미혹되네.
본원의 정미한 곳을 질러간다 하더라도
간편을 덮어버릴 폐단은 어찌하랴.

其二

次第工夫有後先。孔門曾說孰先傳。
眞知不外常行地、下學無非上達天。
未信聖人言的的、翻愁學者惑玄玄。
本源徑造精微處、末弊其如廢簡編。

◇ 화담(花潭)에게서 공부하는 사람들은 계도하는 방식이 하학(下學)은 소홀히 하고 돈오(頓悟)의 지름길로 이끌 우려가 있었다. 그래서 선생이 이를 깊이 걱정하여, 이에 화담의 시에 차운하여 이 시를 지어 (그 폐단을) 바로잡은 것이다. –『하서집』 부록 권3「연보」

1 공자가 늘그막에『주역』을 좋아했는데, (줄임)『주역』을 (열심히) 읽다보니 가죽끈이 세 번이나 끊어졌다[韋編三絶]. –『사기』 권47「공자세가(孔子世家)」
당시의 책은 죽간(竹簡)에 써서 가죽끈으로 묶었는데, 하도 열심히 읽다 보니 가죽끈이 세 번이나 끊어졌다는 뜻이다.

죽우당
竹雨堂

파산에 와서 누우니 세상 정이 적어져
밝은 대낮 한가한 집에 문은 반만 가렸네.
저녁 내내 노란 책과 마주앉으니
붉은 티끌이 어찌 이곳에 날아오랴.
맑은 골짜기 시냇가에 구슬 구르는 소리 들려오고
아름다운 숲과 봉우리는 병풍처럼 둘렀네.
병든 속에 아들 딸 시집장가 다 보냈건만
십년 되도록 연잎 옷은[1] 아직 짓지 못했네.

坡山歸臥世情微。白日閒簷半掩扉。
黃卷政堪終夕對、紅塵能向此間飛。
淸泠澗壑鳴環珮、窈窕林巒繞障幃。
病裡僅成婚嫁畢、十年猶未製荷衣。

◇ (죽우당은) 파산에 있는 청송선생(聽松先生) 성수침(成守琛)의 당(堂) 이름이다. (원주)

1 (종산에 숨어 살았던 주옹이 벼슬을 얻기 위해) 마름으로 만든 옷을 불사르고, 연잎으로 만든 옷을 찢어버렸다[焚芰製而裂荷衣]. – 공치규 「북산이문(北山移文)」
하의(荷衣)는 은자(隱者)들이 입는 옷이다.

어관포의 운을 쓰다

用魚灌圃得江韻

지나치면 노자 장자가 되고 내려가면 순자 양웅이 되니[1]
중화(中和)의 기상을 같이 하기가 어렵네.[2]
기수의 봄바람 즐거운 줄 그 누가 알랴[3]
추양(秋陽) 강한(江漢)에 묵계가 있어야 하네.[4]
고명한 견지에 이르러야 깊이 인정받는 것이니
실리(實理)를 궁구하기가 어렵다 말하지 마소.
침잠하고 극복하면 터득하기 마련이니
도(道)에 나아가는 법을 서간옹[5]에게 들었네.

過則聃周下況雄。中和氣象有難同。
誰知沂上春風樂、墨契秋陽江漢中。
直到高明深見許、休言實理妙難窮。
沈潛克復方能得、造道吾聞西澗翁。

◇ (어관포의 이름은) 득강(得江)이다. (원주)

1 원문의 담주(聃周)는 노담(老聃)과 장주(莊周)이고, 황웅(況雄)은 순황(荀況)과 양웅(揚雄)이다.

2 난(難) 자가 수(誰) 자로 된 곳도 있다. (원주)
그렇게 되면 “중화의 기상을 누구와 같이 하랴?”는 뜻이 된다.

3 자로와 증석과 염유와 공서화가 공자를 모시고 앉아 있었는데, 공자께서 말씀하셨다.
"(줄임) 너희들은 평소에 말하기를, '사람들이 나를 알아주지 않는다'고 하였으니, 만약 어떤 사람이 너희들을 알아주면 너희들은 무엇을 하겠느냐?" (줄임)
"점(點 : 증석)아! 너는 무엇을 하겠느냐?"
그는 비파 타던 것을 잠시 중단하고 소리를 한 번 굵게 내더니, 비파를 내려놓고 일어나 대답하였다.
"저는 저 세 사람이 말한 것과 다릅니다."
공자께서 말씀하셨다.
"무슨 거리낄 게 있겠느냐? 저들은 자기의 뜻을 말해본 것에 불과하니라."
그러자 증석이 대답했다.
"늦은 봄에 봄옷을 갖추어 입고, 어른 대여섯 명과 아이 예닐곱 명과 함께 기수(沂水)에서 목욕하고, 무우(舞雩)에서 바람을 쐬고 노래를 부르며 돌아오겠습니다." –『논어』「선진(先進)」
수(誰) 자가 수(須) 자로 된 곳도 있다. (원주)
그렇게 되면 "기수의 봄바람 즐거운 줄을 모름지기 알아야 하네."라는 뜻이 된다.

4 (선생님의 학덕은) 양자강이나 한수(漢水)의 많은 물로 빤 듯이 깨끗하고, 또 가을 햇볕에 말린 듯이 희다. 햇빛처럼 희고도 깨끗해서, 더 이상 보탤 것이 없는 분이셨다. –『논어』「등문공」 상

5 서간(西澗)은 송나라의 고사(高士) 유환(劉煥)의 호이며, 자는 응지(凝止)이다. 구양수(歐陽脩)가 일찍이 「여산고(廬山高)」라는 시를 지어 유환의 높은 절개를 찬미하였다. 『주자연보(朱子年譜)』를 살펴보면, 순희(淳熙) 6년(1179)에 지남강군사(知南康軍事)가 되어 염계(濂溪) 주선생(周先生)의 사우(祠宇)를 세우고, 별도로 오현당(五賢堂)을 세워 도정절(陶靖節 도연명), 유서간(劉西澗 유환)과 유서(劉恕) 부자(父子), 이공택(李公擇 이상), 진요재(陳了齋 진관)를 제향하였다고 한다.

납일 전에 눈이 세 번 내리다
臘前三白

흩날리는 흰 눈을 설 전에 세 번 보니
바다 나라에 복이 많아 풍년을 점치겠네.
황충은 벌써 깊이 땅 속으로 들어가고
벼농사도 올해엔 잘 되어 논밭에 가득하겠지.
곳곳마다 산과 벌판엔 은세계 펼쳐지고
숲에 가득한 나무들은 옥가지 이어졌네.
늙은 농부들은 문 열고 서로 다퉈 축하하며
가사 지어 임금님께 올리려고 하네.

先臘三看白雪翩。海邦多慶占豐年。
蝗蟲知已深投地、禾稼終當盛滿田。
隨處山原銀界遍、盈林樹木玉枝連。
老農開戶爭相賀、擬獻歌詞黼座前。

◇ 장관의 과시(課試)이다. (원주)

죽은 자식을 곡하다
哭亡子

석 자 시신에 두어 치 관을 쓰고
북망산 바라보니 눈이 늘 차갑구나.
사람의 일 가련하니 슬퍼한들 무엇하랴
약속한 하늘의 마음 믿으려 해도 어렵네.
동야의 울음소리는[1] 목이 메어 듣지 못하고
한퇴지의 제사상도[2] 헛되게 처량하구나.
책상머리의 책들은 평생의 흔적이라
그림자 부질없이 몽매간에 나타나네.

三尺骸軀數寸棺。瞻言邙北眼長寒。
可憐人事何嗟及、不弔天心欲恃難。
嗚咽忍聞東野哭、凄凉虛設退之盤。
一床書冊平生迹、影響還臨夢寐干。

◇ 하서는 14세에 윤임형(尹任衡)의 딸에게 장가들었는데, 두 아들과 네 딸을 낳았다. 15세에 맏아들 종룡(從龍)을, 28세에 둘째아들 종호(從虎)를 낳았는데, 둘 다 하서보다 뒤에 죽었다. 이 시에 나타난 자(子)가 꼭 아들은 아니다. 딸은 넷 낳았는데, 양자징에게 시집갔던 둘째딸과 미처 시집가지 못하고 요절한 막내딸이 하서보다 일찍 세상을 떠났다. '석 자 시신[三尺骸軀]'이라고 한 것을 보면 막내 딸이 세상을 떠났을 때에 지은 시인 듯하다. 문집에는 이 시 앞에 「곡망녀(哭亡女)」도 실려 있다.

1 당나라 시인 맹교(孟郊)의 자가 동야인데, 세 아들을 다 여의었다. 그래서 노년에 후손 없음을 걱정하여 슬피 울었다.

2 한유가 조주자사(潮州刺史)로 좌천되어 갈 때에 넷째 딸 여나가 12살이었는데, 도중에 병으로 죽었다. 그래서 층봉역 산 밑에 임시로 초빈해 두고 길을 떠났다. 그 뒤에 사면받고 조정으로 돌아오게 되자, 그 딸의 무덤에 들려서 시를 지었다.
두어 가닥 등넝쿨로 목피관을 꽁꽁 묶어
황량한 산에 초빈하니 백골이 춥겠구나.
너를 죽게 한 것도 내 죄 때문이니
백년 동안이나 가슴이 아퍼 눈물이 줄줄 흐르는구나. —「애녀시(哀女詩)」

연보

1510년(중종 5년) 7월 19일 장성현 대맥동 고향집에서 울산 김씨 령(齡)의 아들로 태어났다. 어머니는 옥천 조씨 효근(孝謹)의 딸이다.

1514년 5세. 아버지에게서 『천자문』을 처음 배웠다. 『천자문』의 한 구절을 이용하여, "넓고 아득한 우주에 큰 사람이 산다[宇宙洪荒大人居]."라는 구절을 지었다.

1517년 8세. 호남관찰사 조원기와 함께 연구(聯句)를 지었다.

1519년 10세. 모재(慕齋) 김안국(金安國)에게 찾아가 『소학』을 배웠다.

1522년 13세. 『시경』을 공부했는데, 국풍(國風)은 대주(大註) 소주(小註)까지 천 번이나 읽었다.

1523년 14세. 여흥 윤씨에게 장가들었는데, 현감 윤임형(尹任衡)의 딸이다.

1524년 15세. 맏아들 종룡(從龍)이 태어났다.

1527년 18세. 신재(新齋) 최산두(崔山斗)를 찾아가 글을 배웠다.

1528년 19세. 용재(容齋) 이행(李荇)이 대제학으로 있으면서 성균관에서 선비들에게 칠석날 시험보였는데, 하서가 장원하였다. 그 가운데 「염부(鹽賦)」와 「영허부(盈虛賦)」는 문집에 실려 있다.

1531년 22세. 성균 사마시(司馬試)에 합격하였다.

1533년 24세. 성균관에서 공부하며, 퇴계 이황과 강학하였다.

1537년 28세. 둘째아들 종호(從虎)가 태어났다.

1540년 31세. 별시 문과에 급제하여, 권지 승문원 부정자(종9품)에 임명되었다.

1541년 32세. 4월에 호당(湖堂)에서 사가독서(賜暇讀書)하였다. 10월에 홍문관 정자(정9품)로 승진하였다.

1542년 33세. 7월에 홍문관 저작(정8품)으로 승진하였다.

1543년 34세. 4월에 홍문관 박사 겸 세자시강원 설서(說書 : 정7품)로 승진하였다. 동궁이 몸소 그려서 보낸 묵죽도(墨竹圖)를 받았다.

6월에 홍문관 부수찬(종6품)에 승진하자, 기묘사화에 희생된 명현들의 억울함을 논하였다.

12월에 옥과현감(종6품)에 제수되었는데, 춘추관의 겸직은 그대로 지녔다.

1545년 (인종 원년) 36세. 명나라에서 장승헌(張承憲)이 중종의 국상에 조위사(弔慰使)로 오자, 제술관으로 부름 받아 서울에 올라왔다.

7월에 인종이 승하하자, 칭병하여 사임하고 집으로 돌아갔다.

1546년 (명종 원년) 37세. 6월에 「효경간오발(孝經刊誤跋)」을 지었다.

7월에 산으로 들어가서 인종의 초기(初朞)에 곡하고, 「유소사(有所思)」라는 시를 지었다.

1547년 38세. 성균관 전적(典籍)으로 임명되었지만, 나아가지 않았다.

1548년 39세. 순창 점암촌(鮎巖村)에 초당을 짓고, 훈몽(訓蒙)

이란 편액을 걸고 제자들을 가르쳤다.

1549년 40세. 「대학강의발(大學講義跋)」을 지었다.
10월에 아버지 참봉공의 상을 당하였다.

1553년 44세. 9월에 홍문관 교리(정5품)로 임명되어 서울로 올라가다가, 중도에 병으로 사퇴하고 돌아왔다.

1554년 45세. 9월에 성균관 직강(直講 : 정5품)에 임명되었지만 사퇴하였다.

1558년 49세. 고봉 기대승과 더불어 태극도설(太極圖說)을 강론하였다.

1559년 50세. 고봉 기대승과 사단칠정(四端七情)을 강론하였다.

1560년 51세. 1월 16일에 정침(正寢)에서 세상을 떠났다.
사흘 전 무진일(14일)에 선생이 기운이 고르지 못해 약을 올리자, "내일은 보름날이니 제육(祭肉)과 술을 준비하라."고 집안사람들에게 시키며, 자녀들로 하여금 사당에 전(奠)을 올리도록 하였다. 기사일(15일)에 선생이 병을 무릅쓰고 일찍 일어나서 갓을 바로 쓰고 단정히 앉아 제사 다 지내기를 기다렸다. 그리고는 "내 죽은 뒤에라도 (인종께서 승하하신) 을사년(1545) 이후의 벼슬을 쓰지 말라."고 일렀다. 이튿날 경오일(16일)에 병이 위급해지자, 자리를 바로하고 홀연히 세상을 떠났다.
3월에 장성현 대맥동 원당산 자좌(子坐) 오향(午向) 언덕에 장사지냈다.

◇ 이 연보는『하서선생전집』부록 권3에 실린「연보」를 요약한 것이다.

원문차례 · 찾아보기

오언고시 권2 · 권3

칠언고시 권4

오언절구 권5

칠언절구 권6 · 권7

오언율시 권8 · 권9

칠언율시 권10

허경진

1952년 피난지 목포 양동에서 태어났다. 연민선생이 문천(文泉)이라는 호를 지어 주셨다. 1974년 연세대 국문과를 졸업하면서 시 〈요나서〉로 연세문화상을 받았다. 1984년에 연세대 대학원에서 연민선생의 지도를 받아 『허균 시 연구』로 문학박사학위를 받고, 목원대 국어교육과를 거쳐 연세대 국문과 교수로 재직하였다. 열상고전연구회 회장, 서울시 문화재위원 등으로 활동하고 있다.
『허난설헌시집』, 『허균 시선』을 비롯한 한국의 한시 총서 50권, 『허균평전』, 『사대부 소대헌 호연재 부부의 한평생』, 『중인』 등을 비롯한 저서 10권, 『삼국유사』, 『서유견문』, 『매천야록』, 『손암 정약전 시문집』 등의 역서 10권이 있으며, 요즘은 조선통신사 문학과 수신사, 표류기 등을 연구하고 있다.

우리 한시 선집 57
하서 김인후 시선

2021년 11월 12일 초판 1쇄 펴냄

옮긴이 허경진
펴낸이 김흥국
펴낸곳 도서출판 보고사

책임편집 황효은, 이순민
표지디자인 새와나무

등록 2001년 9월 21일 제307-2006-55호
주소 경기도 파주시 회동길 337-15 2층
전화 031-955-9797(대표)
02-922-5120~1(편집), 02-922-2246(영업)
팩스 02-922-6990
메일 kanapub3@naver.com / bogosabooks@naver.com
http://www.bogosabooks.co.kr

ISBN 979-11-6587-207-6 04810
979-11-5516-663-5 (세트)

정가 14,000원